在华外国专家口述中国

（贰）

科学技术部国外人才研究中心　编

目　录

我这个美国人的中国梦

文 / 马克 · 力文

马克·力文：1948 年出生于美国洛杉矶，社会学博士、专栏作家、乡村音乐人，现任中央民族大学教授。2005 年来中国，创作了许多反映中国的歌曲，并与傅涵成立“秀外慧中”音乐组合，2014 年获中国政府友谊奖。

2013 年 3 月 14 日，我在北京国家大剧院的歌剧厅表演。大厅里人山人海，观众们都是来参加纪念中华人民共和国第一任总理周恩来诞辰 115 周年音乐会的。我表演的时候，身后的整个管弦乐团，安静地等候着为其他的表演者伴奏。我演唱时只需要我自带的吉他伴奏，管弦乐队背后有一面装饰墙，墙上是周总理的照片，上面还写着音乐会的主题是纪念周总理诞辰，更醒目的是三个红色的大字：中国梦。

倾听中国梦

“我梦想着有一天，当建筑工人们疲惫不堪的时候能有一张床休息，清洁工人们能有一张干净的桌子吃饭；我梦想着有一天，那些为了提高我们每一个人的生活条件而无私奉献的好人们，和那些为城市作出巨大贡献的人们能够获得我们的理解和尊敬。”

这是孙晓阳（Maggie）演讲中的一段话。她是中央民族大学社会学专业的一名大四学生。就在她毕业的前几个月，她参加了学校举办的英语演讲比赛，并进入了决赛，所有参赛选手的演讲主题都是“我的中国梦”。

“……我的中国梦是，有一天人们不再因为贫穷而辍学；城市

作者与中央民族大学的学生们一起享受音乐

和乡村的学生们能够拥有同样先进的教学设备，每一个学生都能够享有平等的教育。”这是我们到中国的海滨城市山东青岛，坐在青岛大学的大礼堂里，听一位名叫门亚萍（Men Yaping）的学生作她的“中国梦”演讲，讲述中国需要被关注的素质教育。

2013年7月11日，我与其他14名外国专家参加了“纪念邓小平《利用外国智力和扩大对外开放》重要谈话发表30周年座谈会”。这位中国前任领导人在1983年的谈话中曾谈道:“要利用外国智力，请一些外国人来参加我们的重点建设以及各方面的建设。对这个问题，我们认识不足，决心不大。搞现代化建设，我们既缺少经验，又缺少知识。不要怕请外国人多花了几个钱。他们长期来也好，短期来也好，专门为一个题目来也好。请来之后，应该很好地发挥他们的作用。过去我们是宴会多，客气多，向人家请教少，让他们帮助工作少，他们是愿意帮助我们工作的。”

所有参加座谈会的发言人，无论中国的还是外国的都谈到了邓小平是如何重视外国人对中国的作用的。其中一位发言人指出，20世纪80年代，在中国的外国专家还不到1万人，而到2012年的时候几乎达到了60万人。许多与会发言人都谈到了中国在吸引外国专家方面所做的努力，以及可以继续提升和改进的地方，以便吸引更多、更好的外国专家。他们还谈到了在过去的三十年里，外国专家为中国作出的贡献以及他们未来的贡献。每一个发言人也都无一例外地将自己的论述和“中国梦”相结合。

在座谈会的前一天，中央民族大学国际关系办公室的凯文（Kevin）给我打来电话说国家外国专家局找两个英语为母语的外籍老师担任外专局举办的内部英语演讲比赛的评委，题目是“OEI，我的中国梦”。

随后一周的某天我便去了外专局，同时了解到原来 OEI 就是三十年前邓小平提出的“外国专家引进”（Overseas Expertise Introduction）的英文首字母缩写。外专局的 18 名参赛员工中有我之前在参加外专局的一些其他活动中见过的。在他们的演讲中，我感到了他们的梦想：“……成为中外文化交流的使者，让更多的外国人了解中国，了解中国灿烂的文化和五千年悠久的光辉历史。”

一位演讲者说道：“包括外国专家在内的国际友人，在中国和外国的联系中起到了桥梁和纽带的作用。”最后，她以这样一段话结束演讲：“中国梦不是一个宏大的口号，它不只源属于政府，更属于每一位普通人。”

中国梦到底是什么？

在 2012 年 11 月 29 日，习近平总书记在参观国家博物馆《复兴之路》展览时指出，实现中华民族最大复兴，就是中华民族近代以来最伟大的梦想。

就在习近平总书记发表讲话半年之后，《中国日报》（*China Daily*）报道称“中国梦”现在是媒体和教材中被提及最多的词汇之一。哈佛商学院的副教授马奎斯和助理研究员杨佐伊也分别指出，“中国梦”在中国迅速受到认可和传播，这在近代历史上史无前例。这种传播不仅在演讲比赛中，在其他各类研讨会中也是随处可见。

但是根据我们从各类演讲中看到的来讲，人们之间关于中国梦是什么或者应该是什么的看法有很大不同。

从广义上来讲，中国梦还有这样的一个问题，它到底是每个中国人的梦，还是整个国家的梦，它意味着“我的家庭不再贫困”，还是“每个人都脱离了贫困”？它是否意味着“我的梦想能够实现”，还是“每个人的梦想都能实现”，还是“中国社会整体上取得了一定的进步，从而保障了人民的安全”？

有些学生关注的是自己个人的梦想，比如希望看到国足获得国际认可，在某个具体的事业中有所建树，或者能去某些地方旅行。但更多的学生关注于改善环境，提倡全民自由和素质教育，为农民工和农民工家庭争取权利，或者帮助那些父母在大城市打工，只能跟乡下的爷爷奶奶生活的留守儿童。而在外专局职员们的眼中，他们的中国梦又有所不同，他们的梦关乎如何让外国人更好地为中国建设提供帮助。

《人民日报》的一篇文章中曾提到过关于三个美国人和一个英国人的特别的中国梦：一个想成为一名电视主持人，一个想成立一个非政府组织，一个想开一家西餐厅。还有一个，我的朋友柳素英（Elyse Ribbons），既想做个剧作家或者戏剧制作人，又想成为一名电台主持人或者做一名女演员。

柳素英来自底特律，曾经梦想着凭借大学时学习的阿拉伯语为美国国务院工作，但这个梦想在2001年的北京之旅后发生了改变。她首先转学汉语专业，然后在中国学习了一学期，2003年大学毕业后便搬到了北京。

她在中国最初的梦想是学习中医并将其带回美国，但很快又发现自己的能力和兴趣均不在此。尝试了多种工作以后，她在2006年有了一个新梦想——成为一名剧作家。从那时起到现在她已经写了不下6部作品。

柳素英说，她的朋友们觉得她是在中国追寻和实现自己的美国梦。“这听着有点儿滑稽，但也说得过去，”她说，“‘中国梦’是对年轻的专业人才来说的，他们追求一种独特的早期职业经验，同时愿意努力工作，推动自身进步。”

我基本上同意她的观点，但从个人经验来讲，我认为中国梦并不仅限于年轻人。我每天都能见到有越来越多不同年龄的外国人，他们起初来中国只是想待个一两年，但十年甚至更长时间过去了，他们仍然还在中国。他们有些人依然在教课或者做着和刚来中国时相同的工作，但对于在中国受到的热情欢迎仍都心存感激。当他们在追寻自己的中国梦的时候，有很多大门都会为他们敞开，他们对此感觉有些吃惊，可这又会让他们充满热忱。

中国梦应该从国家和个人两个层面来理解

从国家层面看来，“一带一路”可以说是中国梦的一座里程碑。“一带一路”旨在复兴历史上伟大的丝绸之路，消除沿线国家基础建设上的差距以带动经济发展，并进一步促进中国与世界的互联互通。通过亚洲基础设施投资银行的资金援建铁路、发展海上贸易，中国在发展中国家，甚至很多发达国家的经济影响力持续增强。

除了经济上的影响力，中国也正在成为应对气候变化的主要力量。很多国际能源机构认为，中国在《巴黎气候变化协定》中的国家自主贡献率为对抗全球变暖作出了巨大的贡献。此外，中国在风能、太阳能等环保技术发展中的领先地位也是中国通向“复兴之路”的又一体现。

说回我自己的“中国梦”，是帮助外国人深入了解中国，同时帮助中国人更加了解美国。我不仅写作，我还和音乐搭档傅涵组成了一个跨文化的组合，名为 In Side Out（秀外慧中），我们的表演将中文、英文，以及西方的吉他和中国的二胡结合在一起来表演中英文歌曲。In Side Out 的首秀在美丽的湖南张家界举行的“国际乡村音乐节”上，在来自 20 多个国家的数百名音乐家面前，我们让外国观众看到了中国的美丽、友好，体会到了中国音乐的魅力。

之后，我的“中国梦”舞台变得更大了。2014 年春天，我获得了北京市人民政府颁发的“长城友谊奖”，2015 年，我又获得了中国政府友谊奖的殊荣。2016 年，我成为了第一个因中国政府友谊奖而拿到中国永居资格的外国专家。

所有这一切让我在实现“中国梦”的路上越走越远，也让我能够更好地向世界介绍这个友好、勤劳，有着非凡文化魅力的国度——中国。（傅涵供稿）

谦虚，最具代表性的中国印象

文 / 金智（波兰） 译 / 姜佳秀

Jukub Ilczyszyn，中文名：金智，1984 年生于波兰，毕业于格但斯克大学，人类学和行政管理双硕士学位。曾在波兰、乌克兰和中国任教。学术研究领域包括语言学、文化交流与沟通、饮食文化和教学方法论。自 2013 年开始，在中国工作和生活。目前任山东省潍坊学院外籍教师。喜欢旅游，领略中国的不同风景和别样韵味，把喝茶和下象棋作为日常消遣。

如果要从我在中国工作生活的四年时光里总结出或者说选出最具代表性的中国印象，那毫无疑问是中国举世瞩目的成就和中国人谦逊的态度。

我想分享一下我个人的想法。这将会从一个人类学者的观点出

Jukub Ilczyszyn

发来讨论中国，同时也是一个波兰人关于中国的看法。

直到我发现身处中国时我才了解到，在我整个受教育的过程中，甚至在我的成长和生活的环境下，谦虚一直扮演着不可或缺的角色。如果你碰巧成为稀少且稀有的一种人，这种人我们叫他们“人类学者”，那你肯定听说过布罗尼斯拉夫·马林诺夫斯基以及他的方法论，这是关于人类参与社会生活的一大创新理念。这种方法论提倡对世界上所有的文化都保持着一种理解和谦逊的态度，也把一个优秀的人类学者定义为可以被描述出来的一个善于虚心观察的人。

就像我刚才提到的，生活在一个充满魅力的中国社会，作为一个见证者，和来自不同国家的朋友们交流互动，是一件非常有意义的事情。作为来自一个相对较小的国家的我，可以体会到一种难得的喜悦，因为大多数中国居民十分高兴能遇见一个对他们的文化和历史充满友善和理解的西方人。正如我所经历的那样，鉴于这个基本的原因，许多中国人向我敞开了心扉。

为什么这个简单的道理在中国格外令人印象深刻呢？我只能从和睦、和平而又谦逊的中国智慧和中国影响力里找到答案。这种中国智慧和中国影响力除了存在于人与人交往的人际关系中，还存在于各个领域之中。中国，是一个如此开放又拥有巨大包容性的国家，它是一个如此亲切又热情招待四方游客的礼仪之邦，它又是一个如此勤勉谦逊、孜孜不懈努力发展的大国，这是中国在我心上留下的深刻的印象。

有好几个刻骨铭心的瞬间都让我感觉到我被中国人传统的友善深深地吸引着，特别是盛大的庆祝仪式和日常的行为。我想给大家讲述我的一个难忘的经历。我来中国的第一天，是2013年的中秋节。刚到北京的时候，我充分地感受到中国是一个如此讲礼仪的国家。对于初来乍到的外国人来说，他们可能会被惊讶到，甚至会被误导。比如说下面这段不同寻常的对话，发生在一个波兰人和一个生活在北京胡同的当地人之间。

一个高鼻梁、蓝眼睛的外国人，他看起来完全搞不清楚方向，确确实实是迷路了。他问一个正站在四合院门口的男人："Do you speak English?"（你会说英语吗？）这个中国男人露出自信的微笑："Yes!"（会！）得到回答的波兰人喜出望外，看来自己是问对人了，波兰人拿出写着旅馆名字的名片继续问：“Do you know this place?”(你知道这个地方吗？)得到了一个更自信的回答:“Yes!”(知道！)“How can I get there?”（我怎么去这里呢？）这个波兰人问。但是这次的回答让波兰人困惑了，这个中国人说：“Yes!”（对！）几秒以后两个人哈哈大笑起来。

我后来才知道，这个中国人和成千上万的中国人一样，即使他们害怕开口说英语，但是他们热情好客，不失礼貌，尽力帮助困境中的人。

在许多对话里，先是英语，然后是简单的中文，我发现语言是相通的。语言为我们打开了一扇全新的、广阔的大门，也有许多值得期待的惊喜在等着我们。由于我对语言学很感兴趣，我很快就注意到了“可能”这个词在中文里意义颇多。中国人无论是在说英语还是在说中文的时候，“可能”这类词他们用得相当频繁。回想一下，在公交站点，我们经常听到的一句话：“56 路公交车可能不在这停。”说这句话的人难道真的不知道 56 路公交车在不在这停吗？在公交站点没有可靠的信息告诉我们这里有没有 56 路公交车吗？很多情况下，答案都是肯定的，他们知道，他们也能找到公交车的具体信息，但是他们只是感觉非常抱歉，他们不想直接给别人一个否定的回答。所以，你才会得到一个非常特别的、非常有力的“可能”。

我想告诉我的“公交站点的朋友们”，这种情况对于外国人来说，是十分难以理解的，但是与此同时，我们也可以看到很多礼貌、谦逊和想做好主人的、做好向导的中国人。简单地说，所有的这些传统仍然实际存在着，在日常生活中处处可见。

我相信，这些独有的特色，毋庸置疑是中国变得繁荣富强的主要原因之一。幸运的是，这些特色并不是中国专属的权利，对其他国家而言，并不是不可复制的，除此之外，还可以为建设一个和平稳定的国际环境提供借鉴。

当我回顾中国和欧洲之间不同文化的交流时，我可以清楚地看到在过去的数十年间，在这段交流历史中，中国占据了主导权。中国的发展要迅速得多，并且在不断地缩小与欧洲发达国家之间的财富和生活水平的差距。这强大的能力背后，少不了向其他国家学习的谦虚态度。而与此同时，现代的欧洲已经不像几个世纪以前那样受中国的影响了。在欧洲衰退的时期，这种观察似乎是非常典型的，也是在复兴欧洲社会时必不可少的。

从这个观点出发，改革开放不仅给中国带来了翻天覆地的变化，对于世界其他国家来说，也提供了一个绝佳的向中国学习的机遇。然而这个过程，特别是对于世界上的一些大国来说，要求我们抱着尊重和虚心的态度。当然，在国际关系中，已经存在许多向中国学习的迹象，但我还是想给大家带来我个人的一些观察作为例子。

在中国，作为大学教师，我遇到了很多外籍教师和国际交换生。

正因为人各不相同，他们的态度或性格上也存在着较大的差异。在这样的社会团体中相处几年下来，你会发现有一些老师或者学生变得明显比其他人要出色许多。令人惊讶的是，有些优秀的人在他们自己的家乡里，并不那么地出类拔萃。而与此同时，也有一些在他们当地属于佼佼者的人，来到中国以后，却变得平淡无奇。这是为什么呢？我再一次要提起，一个秘密的要素——谦逊，正是其中的一个重要原因。

许多教师，从多年的教学经历中获得了大量的自信心，认为他们有资格传授别人知识。如果这种自信变得过于强烈，甚至令人不悦，他们就成了所谓的“人生导师”，而不是去教授他们的专业了。如果你潜意识里认为你来到的这个地方还有许多东西需要学习，渐渐地你会变得超乎想象地傲慢起来，最坏的是，你是落后的，甚至都意识不到这种傲慢，对你与中国人的关系来说，有时候会变成一个巨大的灾难。

我还注意到，当这种情况发生在外国留学生的身上时，通常都有一个非常类似的模式。对西方人来说，中文是最难学习的语言之一，需要付出成百上千个小时的努力，才能达到正常交流的水平。什么样的人能够成功做到呢？只有那些对待学习坚持不懈、持之以恒、虚心请教的人才能做到。而当你觉得你的中文水平已经相当不错了的时候，中国各地数不胜数的方言或者俗语就能立马将你拉回现实。

你对自己的人际关系能力和语言技能已经胸有成竹吗？后面还有更多东西在等着你呢！光是走在车水马龙的大街上，就足够比任何地方都能让你保持警醒和虚心。听起来很奇怪吧？是我太夸张了吗？面对着街上熙熙攘攘的人群，来来往往的车辆，你永远不知道下一步他们会去往哪个方向。想想看，一个骑自行车或者步行的人，会在和一辆大卡车狭路相逢的时候感觉自己很厉害吗？所以，无论你在中国选择走哪一条路，每走一小步你都要记得，谦逊是至关重要的。

虽然我在这里短短的四年生活和中国源远流长的历史相比根本不值一提，但是这四年也足够让我了解到，当代中国之转变比我所知道的一些欧洲国家要迅猛得多。我是如何了解到的呢？鳞次栉比的高楼大厦、遍地开花的高新科技、家喻户晓的共享经济、意义非凡的工程成绩不胜枚举，闻名海外；高速铁路、玻璃栈桥、环境友好型的新型发电站等等。这难道还不够令人感到惊讶吗？

这些成就不是简单地靠复制其他国家采取过的方案政策就能获得的，更多的是把外国的思想与中国实际国情相结合，转变为更具有创造性的中国理念，从而得到的最优结果。这就在极大程度上保证了包括谦逊在内的中华传统理念不会被外来文化所替代。

这就是为什么我被我的一些中国学生们惊到了，他们被外国文化蒙蔽了双眼，他们是如此痴迷于外国文化。对外国的传统和文化充满好奇心，这很正常，没什么不好的。但是，如果总是把外国文化的成就、影响、品牌等摆在第一位，这似乎有点不合常理。而我在这里最重要的作用，和其他外教一样，是真正地、真实地介绍我们祖国的起源和文化，而不是给我们的国家打广告；如实地展示我们的国家，而不是总拿中国与之相比较。这种健康又有担当的教育典范能够让中国人和外国人更好地相互理解，也可以帮助同学们发扬他们本国的文化。所有的这一切，不是不可能，只是需要一个关键的条件——在教师的道德标准上，毫不动摇地保持谦虚。

所以，当我看到一些中国大学的学生，身上穿着印有英文字样的衣服，他们甚至不明白这些英文是什么意思，或者他们只是盲目地追随国外的潮流（比如他们喜欢在说中文的时候突然蹦出几个英文单词）。每当这个时候，我就深刻地感受到，还有更多的东西在等待着我去做。我想让他们知道，固然世界是丰富多彩的，但是他们也绝对不应该忽视自己的传统，绝对不应该遗忘自己的根。

我第一次来到中国的时候，我想尽可能多地了解关于中国的信息，汲取中国的文化。我去过名胜古迹、博物馆和美术馆，只为了经历和学习中国文化。虽然看过中国各地的青山秀水，美轮美奂的人造建筑，我还是难以想象在道教的起源地、中国功夫、传统的手工艺和繁华的现代中国之间有如此多的关联。甚至有几次我觉得我在同时接触两个不一样的世界，这真的太有趣了！

当我看到一幅全景绘画——《清明上河图》，它描述着北宋时期的自然风光和繁荣景象：寂静的原野、浩瀚的河流、高耸的城郭、穿着各式各样具有中国古代特色服饰的人物、街上摊贩陈列的货物，我在想为什么这种绘画风格在那个时候的中国是如此受欢迎？它和欧洲的人物画或者风景画有多么不一样？这样一幅特别的画作，我要如何才能真正体会到它的迷人之处？

当然，对于中国古画的赏鉴并不是一朝一夕的事，这需要与当时的时代背景和具有代表性的时代特征结合起来。我远不敢说我非常了解，但是那几天，画中的内容、人物，以及反映出来的社会形态、社会合作分工等都在我的脑海中，挥之不去。在画中，与高山河川相比，人们显得如此渺小，在中国古代人们就已经对大自然保持着一颗谦逊的心，也正是这种谦逊的态度与融洽和谐的社会氛围、团结统一的精神共同延续下来，构成了当代的中国社会。

最后，我想说在中国，我学习并体会到了很多中国特色，令人回味无穷，这比我从西方国家社会所学到的东西还要多。这种经历不会只是三分钟的热度而已，更应该被运用到实际的生活当中。中国传统的谦逊是增加个人成功的机会，丰富社会人际关系的重要秘诀。我希望这种近乎被遗忘的谦逊可以在西方社会重生，成为最好的中国舶来品之一。

谦受益，满招损。这句充满智慧的老话不需要任何的添加和修饰，如果非要添上点什么，我们能做的是，永远铭记它。（作者单位：山东省潍坊学院）

我在卢沟桥公社的日子

文 / 阿瑟 · 高尔斯顿

编者按：

美国科学家阿瑟·高尔斯顿1971年和1972年曾两次访问中国，并有一次在中国农村深入生活的体验。他回美国后，出版了一本名为《人民中国的日常生活》的书。在此选编其中章节，透过美国科学家的眼睛，看一看上世纪70年代初中国农村和农民们的生活。

1972年6月19日上午9时，我和夫人戴尔、女儿贝思一起出发到北京郊区的卢沟桥公社去住两个星期，在那里参加劳动，深入体验中国农村和农民的生活。

路途的见闻体验

我们徒步走到一个无轨电车站，和大家一起排队等车。早上乘客很多，他们都好奇地望着我们。贝思和戴尔都穿着中国式服装，新布裤子，直统统的毛式布制服，头上戴着农民的大草帽，这些都是她们前一天晚上在北京百货大楼买的。我穿了劳动布裤子，短袖衬衫，草帽背在背后，帽绳套在脖子上。

我们等了不到三分钟，来了一辆无轨电车。车上很挤，但还是给我们空出了位子。我们把行李堆得像个小金字塔似的，然后坐在行李周围的座位上。在乘客的谈话声中，我们觉得比过去更接近中国人民了。

我们的行程大约有 20 公里，是从北京市中心向西南方向走，

1967 年 6 月，在北京工作的外国专家在卢沟桥公社参加夏收活动

路上换乘了两次车。每次换车，我们都被周围人的惊奇目光注视着，他们有的向我们微笑，有的很客气地给我们让座。当我们换上第三辆车时，已经驶入了马路平坦的北京郊区，车上的乘客也少多了。这时我们好奇地望向窗外，路上自行车络绎不绝，人们一本正经、从容不迫地蹬着车，静悄悄地来来往往，只有偶尔听到几辆小汽车、卡车或公共汽车发出的喇叭声和引擎声。公路伸向远方，路的两旁都种了树。这是中国公路的特色。中国人大量植树，改变了农村的外貌。这些成行的杨树和樟树既可以防风，同时在炎热的仲夏也可以遮荫消暑。

汽车忽然在一个拐弯处停了下来。我们被告知到了卢沟桥公社，汽车只能到此为止。我们还得走最后一公里。那天天气又热又闷，我们背着行李，走得很慢，不时停下来擦汗。虽然我们提的小包不太重，但手指也发麻了。我们沿着种满西红柿、茄子、黄瓜和扁豆的菜地走，还望见远处的玉米地以及麦田和水稻田。当我们走近一些农民、学生和带孩子的妈妈时，他们都停下来打量我们。农民们的目光比城里人更坦率、友好，他们善良的面庞上很容易露出微笑。这不仅和我们的滑稽形象有关，毫无疑问，这里从未来过像我们这样的人。

我们走了约 20 多分钟，就看到两个小村子。陪同我们的翻译李也是生长在农村的。他不时停下来向附近的农民问路，得到的答复是肯定的。我们走的方向对了。还听说村里人已经知道我们要去了，他们正在等候我们。

房东史振玉一家的日子

当我们走进村里安排的房东大院里，一堆人把我们团团围住。他们很兴奋，不停地说着话，很感兴趣地看着我们。他们把我们带到住处，放下我们的随身行李，然后到院里的压水机上压出冷水，倒在搪瓷脸盆里，又从水壶里倒了一点热水掺上，端进房间来，还拿来洗脸毛巾、肥皂和漱口水。我们把旅途的灰尘清洗之后，就来到院里和我们的新朋友们在一起。我们坐在小凳上，人们一再给我们递茶递烟。虽然这天是正常的劳动日，农民朋友们还是特意抽出时间来欢迎我们，和我们交谈。

我们的房东叫史振玉，他的老伴姓孙。史大爷 73 岁，是一家之主。他举止庄重，身体高瘦；他们夫妇有五个孩子，三男二女，全都结婚了。他们有 22 个孙子孙女。两个儿子和一个女儿在卢沟桥公社，还有一儿一女在北京当工人。在农村的两个儿子，大儿子一家住在附近院子里，二儿子和媳妇张淑梅及 4 个孩子与父母同住一院。史大爷年纪大了，早已不下地干活，但他是个闲不住的人，还管着院子里的很多事情。老伴孙大娘更是操心全院的事情，她不声不响，很有主意，办事很有效率。

记得进门第一天，我们就感觉这个院子里生气盎然。院子那口井是个中心，经常有人拿了水桶、盆或罐子来压水，洗衣、做饭、洗刷都离不开水。儿媳张淑梅从早到晚都兴致勃勃地在院子里忙各种事，做饭、洗衣、洗碗、扫院子，用木盆给孩子洗澡。如果还有点空，她就从屋里把一个脚蹬缝纫机搬到院子里给小孩子做衣服。

史大爷对养猪一事颇感自豪。他花费很多时间给猪备食，剁、煮、发酵以及搅拌。他还有做不完的修补活——修理晾衣服的绳子，修理工具棚、小推车等等。孙大娘虽然活动少些，但是她管家，还特别会捉小鸡，她像猫一样的敏捷，一手就抓住一个。她还是编蒜头辫子的能手，一辫辫大蒜挂在院里的树上或墙上晾着，像是一种装饰。

史大爷的孙子孙女们下午放学回来，立刻干起各种零活，比如把自留地里的蔬菜摘回家，或喂喂小鸡。有个小孙女经常从地里把菜帮子带回来，放在院子的角落里，剁碎了给小鸡吃。还有个小孙子经常帮爷爷把盛猪食的沉重铁锅搬到外院的猪圈里去。

在这个人口多又生气勃勃的大家庭里，要一顿接一顿地做饭，保证全家人吃饱。有时全家人都得动手，院子里树下的小矮桌上经常有人在干活，洗菜、剁菜或搅拌。在这个气氛融洽的家庭里，不用说谁该去干什么，大家都有条不紊地忙碌着。我们作为这个家庭的新成员，也总感到心情舒畅和满意。

尽管院子里的活动频繁，但始终保持着整洁、清新的面貌。因为每个人做饭或干其他活后，都随手把地方打扫干净。院子里的小果树也带来淡淡的绿意和荫凉。门口和窗台上的蜀葵、菊花和天竺葵也给这个忙碌之家增添了色彩。不管简单或复杂的活，全家老幼都乐于去做。

史大爷一家是在 1954 到 1964 年这 10 年间，积攒下了足够的钱，把原先的三排房屋都重新修建了。我们住的房屋是 1954 年盖的，不显得破旧，因为屋里的墙面经常粉刷，只是三合土的地面有些裂缝。整个房屋构造简单，横梁、墙和瓦顶都很坚固，维护得也好，估计居住百年或再久都可以的。我们住在史大爷家，受到这个家庭成员的欢迎，使我们在中国不再感到自己是外人了。

尽管我们的到来会打乱史大爷一家的生活，但我们还是能看到他们严格的生活规律。每天清晨 5 点，在公社大喇叭广播《东方红》的乐声中一家人起床了。《东方红》之后是新闻广播。大家梳洗好后喝一杯茶，然后就下地干活了。从 5 点半干到 7 点，然后回家吃早饭，稍微休息一会儿。8 点半左右又去干活了，一直干到中午，只在 10 点左右休息约 20 分钟。12 点吃午饭，这是一天中主要的一顿饭。因天气热，他们饭后会休息到 2 点或 2 点半，然后再继续干活到傍晚 7 点。有的农民晚上还要到地里加班，特别是农忙季节。

遇到紧急情况，如抗旱抗灾，壮劳力天天都加夜班。

我们每天早上起来，先到院子里的井口打水。早起的史大爷总会递给我们一壶热水，大家就一起迎接新的一天了。洗漱完后，史大爷和我们围着院里的小圆桌喝茶、抽烟。史大爷总是那么亲切友好，我们也感觉自己不是外人了。他和很多中国人一样，抽烟抽得很厉害。他们家的一亩自留地上，种了一大片烟草。他十分欣赏自己的旱烟斗。这是他祖父传下来的，已经有一百多年历史了。这个旱烟斗很漂亮，玉嘴，细长的樱桃木杆，紫铜的烟锅。

我们和史家人一起吃饭。他们的日常饭食比较简单，主要是公社自产的东西，与我们在城里饭店的饭食相比，品种少得多，单调。但是这些饭食富有营养，也很好吃，有助身体健康。

每顿饭的主食通常是大米饭或面条。但吃面条多于吃大米。每人用一个瓷碗盛米饭或面条。饭桌中间放几大碗菜，每人用筷子给自己夹菜。我们在时正是盛产扁豆的季节，每顿饭都要吃扁豆，或煮，或腌，或用酱油拌。另外还有菜花、洋白菜、青椒、黄瓜。黄瓜经常是切块生吃。我们还吃了不少西葫芦和西红柿，西红柿生吃，撒上糖；西葫芦煮着吃，放酱油和猪油。有的菜放一点猪肉，增加味道和蛋白质。饭桌上经常有醋，整头蒜当小菜吃。我们看到史大爷的两个儿子狼吞虎咽，一会儿就吃下两三大碗饭，实在吃惊！可只有了解到他们劳动所需的体力，才能理解他们为啥能吃这么多。

听史大爷聊往事

我们吃好饭休息时，史大爷和孙大娘常拿一把茶壶，不用邀请就上我们屋里来了。用我们灶上的开水沏茶，沏好后把所有的杯子都用热茶涮一遍，剩茶倒在地上，然后给我们倒上一杯茶，和我们一起坐下。这是公社里典型的生活方式，在这里，我们所习惯的私生活是很少的。他们都懂得，如果我们把窗帘放下来，就是表示想独自休息一会儿了。

史大爷陪我们喝茶时，也聊了不少他自己和村里的事。这村子是 200 多年前清朝时，从山东迁来的居民建立的。1958 年 8 月 29 日村子成立了公社，用附近具有历史意义的卢沟桥之名，命名为卢沟桥人民公社。1937 年日本人就是在卢沟桥发动了对中国的全面侵略战争。

史大爷不太清楚其祖先是在何时迁来这村的。他只记得自己还是孩子时，村里有 20 户人家，都是最早建村时三个移民的后代。那时这村子叫“乱村”，村里一片荒凉，风沙频多，土地贫瘠。当时全村只有三口公用的水井，住房全是土房。

史大爷说解放前生活很差，尽管史家比起别人家日子还稍好些，父亲有三亩地，但每年打下的粮食也只能吃到秋天。冬天简直就没法过了。他痛苦地回忆起一个寒冷的冬天，他挑了重 200 斤的两桶酒，从地主家走了40多里送到城里，路上滑，还要过一道木桥，非常艰难，这趟苦活他才挣到20个小钱（不到十分美金），只吃了一碗稀糊糊的小米粥。

史大爷21岁结婚，孙大娘当时才17岁。孙大娘说他们结婚是媒婆包办的，她是在婚礼举行后才见到丈夫的。那天晚上，她头上被蒙上一块红布，被人从娘家村里抬到了她丈夫的家里。解放前，村里一直流行传统的包办婚姻。直到现在，父母的权威和夫权仍在村里影响很深。两性间公开表示爱慕还不多见。已婚夫妇不称对方“爱人”，而是叫“孩子他爸”“孩子他妈”。

从包办婚姻到自主婚姻，变化也是逐渐的。史大爷的大儿子、二儿子还是包办婚姻，也是结婚那晚才见到媳妇的。而三儿子和大女儿的对象是父母给介绍的，在结婚前几年就相互恋爱认识了。小女儿已是新一代，是通过朋友介绍找的对象，双方交往确定了关系后，才回家征求父母意见。小女儿女婿响应政府晚婚号召，去年5月刚结婚。她29岁，丈夫30岁。现在小女儿在邻近生产大队的小学教书，但仍和娘家往来密切，星期天或休息日都回家来。

史大爷一家有着共同的生活目标和深厚感情，他们紧密团结在一起。我们认为，正是由于老百姓们有像史大爷一家这样的精神和毅力，中国才获得了新生。

威廉·林赛：我的长城梦

文 /Sun Ye

自小时候在学校的地图集看到中国的万里长城，英国人威廉·林赛就对中国长城着迷不已。在空中拍摄长城是他从小到大的梦想，林赛从去年开始采取行动，逐步实现儿时梦想。林赛在接受英国广

威廉·林赛镜头下的长城

播公司（BBC）1月6日采访时表达了自己的渴望。

他在北京的家中说："长城是奇观，它应当被完美地呈现。"

为了更接近自己童年的梦想，为了长城，1986年，林赛从英国默西赛德郡的沃勒西移居到中国，自此他不断进行关于长城的研究，并出版多部著作，更因而获得大英帝国官佐勋章（OBE）。

今天大多数游客看到的、从北京出发一日游非常便利的长城比如八达岭长城，那里的城墙和烽火台曾被反复修复。

被训练成了地理学家的林赛说："但长城可不仅仅是这些，除了游客蜂拥而至的这些长城，还有许多'中国长城'。"

万里长城横跨中国北部，延伸至内蒙古，这些城墙的修筑跨越了几个世纪，在不同的朝代建成，而最古老的城墙，其历史可追溯至2000年前。

某些地方，长城穿过高耸的石头，有时又跨过泥土堆，它有着多种不同用途——包括公路、抵抗外敌的堡垒、通讯系统、甚至用来控制迁徙的野生动物。

林赛说："过去30年，我一直看着这些城墙，有多远去多远。我去过中国北方所有地方，甚至远至内蒙古。"

上世纪90年代，林赛与妻子吴琪在长城脚下购买了一间农舍，周末时夫妻俩常会研究、勘察长城。

林赛指出，摄影非常重要，无论是"摄影的成像还是建筑风格本身都是那么美，我想通过我的镜头来阐述长城设计特点所蕴含的一系列意义”。

但在2016年，他的儿子吉姆和汤米提议使用一种新的方式来拍摄长城，缠着他要买一台航拍机。

林赛说：“我非常担心孩子们在第一次旅行的时候就把航拍无人机弄丢了。”他最后屈服，购入一台航拍无人机，两个儿子自行学会剪辑，拍摄成果美得如梦如幻，犹如“不属于这个世界”。

他说：“不少出版商及电影制作人都跟我提议，不如从空中拍摄长城。”

“我通常都会说，除非你有数百万资金，及与政府和控制领空

威廉·林赛热爱拍摄长城

的军方高层的联系。假如都没有的话，不如放弃这个念头。”

“这样说来，航拍技术是上天赐予的礼物。”

因此，通过一家旅行社的赞助，这一家人花了60天带着航拍无人机追踪长城。这次旅程亦庆祝林赛的60岁生日及“为了长城”移居中国30年。

他们的旅程从2016年7月开始，首站是老龙头，这里是明长城东部接大海的起点。林赛一家从老龙头往西走，到访公元前300年建筑的赵长城。然后是汉朝建成的长城。

8月他们乘飞机到达蒙古乌兰巴托。他们一家在野外露营，并寻找成吉思汗城墙。

林赛估计他们的总旅程约为15000公里（9320英里），而在四野无人的地方使用航拍无人机，令他们对于长城遗迹有了崭新的想法。

“去蒙古的时候，你能发现有一堵看起来平淡无奇的城墙，但在白天几乎都看不到这城墙。”

“清晨时分，或在太阳还未下山之前，假如你幸运的话，阳光以低角度射进来，你可以看到这城墙的影子穿越草原。不过从空中拍摄的话，加上空旷草原、金色阳光及黑影衬托的护堤，城墙景观变得壮丽无比。”

“我心目中认为，儿子在空中拍摄的视频，最令人惊奇。视频美得让人赞叹。长城就在空旷的背景中，你感觉自己好像就在中亚边缘一样。”

林赛对长城在中国历史中的角色亦深感兴趣。他认为，在空中看长城，能帮助其他人去了解长城的建造者的心境。

“我们看到蜿蜒的长城，我们会问，为何在这里转弯？为何他们在这边建长城，而非其他地方？”

“城墙旁边的土地，就是工人筑起营地、村庄、收集建筑材料的地方。我认为这就是长城的历史景观。”

除了旅游及摄影外，长城的新旧对比亦是他们踏上旅程的原因之一。

林赛说：“长城究竟有多长，存在诸多争议，亦有不少传闻，由于被破坏的关系，长城变得越来越短。”

“我会查看我们拍摄的镜头，看看长城的受损程度。”

“过去 10 年，政府立法保护长城，到底实况如何，我很有兴趣知道。”

喜悦总是多于希望

文 / 艾德文 · 马厄　译 / 张晓

在澳大利亚电视台做天气播报员时，给观众解释气压的高低很关键。什么带来了持续的高温或者严寒？为什么我预报了艳阳高照却下雨了？

回顾我过去 5 年在中国的生活，和天气变化有些相似，有高潮，也有低谷。

当然，高潮总是要多于低谷，喜悦总是多于失望。毕竟这里是中国，发展迅速，总是有很多事情值得去体验。

2012 年，我非常荣幸获得了中国绿卡，从 2003 年来到中国，我终于拿到了这个资格，这意味着真正的归属感。

2015 年 9 月 3 日，我受邀出席在天安门广场举行的纪念抗日战争胜利暨世界反法西斯战争胜利 70 周年阅兵，这又是一个令人难忘的经历，令我想起了 2009 年中华人民共和国成立 60 周年国庆阅兵后的群众游行，当时我乘坐了外国友人彩车，真是令人兴奋。

2015 年 2 月，我在中国写的第二本书——《找得着北——央视洋主播的新生活》在中国人民大学澳大利亚研究中心举行了新书发布仪式。

时间飞逝，转眼我在中央电视台英语频道播报新闻已经 13 年了。我决定，是时候去追求一些媒体领域的其他兴趣了。

2016 年 11 月，我最后一次离开央视大楼，希望自己避免莎士比亚的那句名言“离别是如此甜蜜的凄凉”，而只是带着那些美好的回忆。

看一看北京之外的中国，就像是探险。过去 5 年，我和中国朋

本文作者艾德文·马厄

友们一起出游，足迹远至新疆、青海，那些令人难以置信的美景将永存于我的脑海。

在这片辽阔的土地上，总有很多地方值得去看，流光溢彩，千姿百态。

尽管飞机很方便，我也从不错过乘坐高铁的机会，高铁线路几乎联通了整个国家，舒适又可靠。

在北京，我喜欢骑上我的捷安特自行车，逛逛这个城市，这给我带来了不一样的乐趣。

这辆车是我的儿子阿德里安送我的礼物。2008 年奥运会时，他与我一起在北京，之后他送了这辆车给我。

9 年来，我四处骑行，尤其喜欢骑车去北京西部的山区。我经常漫无目的地骑着车子到乡间，新鲜的空气，探索的自由，突然间发现自己已经远离了北京的喧嚣。

这些都是我生活中的高潮，那低谷呢？我已经听到你在问了，请继续读。

在中国，我遇到过一些外国朋友，他们和很多中国人一样有一个共同之处：自行车都曾“消失”，或“被借走了”，还是直接说吧，就是被偷了。

但 14 年来，我的两辆车都没有“消失”过，直至两个月前。

共享单车的时代，我还有点得意——我这个老伙伴的锁坏了，我也不必再费心修理了。

上个月一天，跑步的时候，我决定和朋友一起吃晚饭。我得骑车从北京友谊宾馆到附近的人民大学地铁站，然后乘 4 号线地铁与朋友见面。我把车子停在地铁口，知道它会在此等我回来。

晚饭时，我和朋友们聊起了共享单车的火爆。我还说，我从没骑过共享单车，因为我有自己的自行车。

我还说："即使锁坏了，我也不担心，骑一辆共享单车很便宜，谁还会去偷我那辆老旧的自行车呢？"

我想你已经知道了后来发生了什么事情。

回到人民大学地铁站，我从电梯上来，走向出口的停车处，迎接我的老朋友。足足五分钟，我沿着几列自行车走来走去，一眼望去，一片单车的七彩海洋，小黄车、小蓝车、摩拜，但是我的那辆黑色捷安特，它更大一些，车前还有我的金属质地的购物篮，却找不到了。

2012 年艾德文在新疆

我想起了刚才和朋友们的玩笑，我不需要一把新锁，我的心沉了。我知道，它丢了。

第二天上午，我又去

了同一家捷安特自行车店，离我住的宾馆很近，2008 年阿德里安就是从这家店把这个忠诚的老朋友带给了我。在许多彩色自行车中，我发现了一辆，就像我之前的那辆，一样是黑色，但更结实，当然也更贵。

简短的骑行后，我决定买下来，我还买了一把更大、更好的锁来防盗。

我很喜欢这辆新车，但每次经过人民大学地铁站时，我都不禁扫一眼那一排排的自行车，为失去这个老朋友而伤心。

也许有人还会把它放回来，算了，我觉得这不太可能。我只希望它能原谅它的新“主人”，给他带来同样的欢乐，就如它曾经带给我的。（本文作者曾在中央电视台担任主播）

播撒英中长期关系的种子

文 / 艾琳　译 / 李梁

当我在写这篇文章的时候，我担任英国文化教育协会中国区主任已满四个年头，距离我作为复旦大学的学生首次来到中国已经有33个年头了。在此期间我见证了中国真正令人惊叹的转变，而与此同时，英国文化教育协会也积极与中方合作伙伴携手促进交流，推动中国在自身发展规划的重点领域内实现可持续而互惠的转变。

人文交流创造和平、宽容和安全

英国文化教育协会经英国皇家特许成立于1947年，与110多个国家开展合作，是英国促进文化交流与提供教育机会的国际组织。我们帮助英国以及其他国家的人们增进友谊和了解，并借此建立信任，携手打造共同的未来。每年，我们通过英语教学、艺术分享以

本文作者系英国大使馆文化教育公使、英国文化教育协会中国区主任艾琳

及各类教育和技能项目与数千名专业人士、决策者以及数百万青年人开展合作。我们相信，无论是在中国还是在其他地方，人文交流都会为创造更加和平、宽容和安全的世界作出有力而持久的贡献。简言之，我们将尽全力管理、宣传、推广和坚持中英人文交流，无论是在高层还是在基层，我们建立的广泛关系均将支持并推动此项工作。

2013 年 12 月率英国贸易代表团访华期间，时任首相戴维 · 卡梅伦（David Cameron）表示希望“播撒长期关系的种子，使中国、英国和世界各国未来的几代人受益”。自从 2016 年 6 月“脱欧”公投以来，加强英国的全球影响力和联系的重要性与日俱增，而中国在其中将继续发挥关键性的作用。我热切地感受到，我们只有通过在包括贸易在内的所有与我们息息相关的问题上都开展密切合作才能建立这种关系。

三大战略双边对话之一的中英高级别人文交流机制所产生的影响，将是推动这一议程的关键。英国文化教育协会所发挥的作用是有益而重要的：该对话涵盖了英国文化教育协会的三大核心领域（教育、文化和体育），而英国文化教育协会的首席执行官同时也是对话的联合秘书长。该对话是双边总体接触的基石之一——而当国际舞台处于动荡和紧张的时刻，该对话因其真正意义上的包容性而越发具有重大的意义。

那么，我们实际上都从事哪些工作呢？

英国文化教育协会作为英国大使馆文化教育处于1979年成立，其前身是由著名汉学家李约瑟博士（Dr. Joseph Needham）于1943年创办的中英科技合作办公室。我们在5个中国城市设有办事处，并活跃在35个二三线城市。我们与英国大使馆保持紧密合作，并主导双边教育与文化交流项目。我们还在围绕其他软实力问题与英国利益相关方召开会议，目的是与合作伙伴建立关系，并为参与两国关键经济部门事务的英方合作伙伴提供更广泛的经济机会。英国文化教育协会与中国文化部共同签署了1979年双边文化交流协定以及英中两国在教育、文化、语言评估和体育等领域内达成的许多其他谅解备忘录。

2015年以来，英中两国共同致力于在双边关系的“黄金时代”中构建“面向21世纪的全球全面战略伙伴关系”。为此，英国文化教育协会通过在语言教学和评估、教育交流、文化创意以及体育等方面开展工作，在性别平等、多元化和包容（EDI）方面开展的工作也越来越多，在建立并维持双边关系方面发挥了重要的作用。我们将与英中两国的合作伙伴共同在这些行业的专业人士、个人和机构之间建立联系，不断夯实双方经济增长的基础。

让英国年轻人通过认识中国参与全球经济

英中两国都有着悠久的教育传统，分别采取了截然不同但同样成功的方法。英国处于创造力和教学创新的最前沿，而中国则在学术严谨性和技术创新领域处于主导地位。我们致力于培养两国青年人、学术界和机构之间的终身联系。我们还通过执行相关方案鼓励更多英国年轻人来中国读书；我们的工作也有助于中国实现高等教育体系的国际化。

英国的高等教育体系凭借自身的国际战略力求更上一层楼，并因此在中国享有很高的声誉。许多选择前往英国留学的学生都是自费的，而 2012 年以来中国政府已经提供了 11000 笔奖学金，目前在英国有 15 万名中国学生。海外学生能够直接通过在英国大学的学习，提高专业能力和社会流动性并获得信任从而受益终身。英国也率先推出了跨国教育模式，并在中国提供联合学位课程，其中包括了大学联合项目，例如宁波诺丁汉大学和西安交通利物浦大学等。目前有 57000 名中国年轻人正在中国攻读英国学位。英国文化教育协会在为英国大学就设立此类联合项目提供咨询和支持方面，发挥着关键性的作用。

在赴英国留学人数保持数十年增长后，英国高校现有约 60 万中国校友。这个群体的大部分成员在中国生活和工作。这一群体（以及曾经来华留学的英国国民）对培育英中两国间的可持续的长期关系有着潜在的显著影响。

英国政府已经认识到让英国年轻人为参与竞争性的全球经济做好准备的重要性，特别是通过认识中国。自 2012 年设立以来，英国文化教育协会的“英国未来计划”在中国政府和大学的慷慨支持下累计已帮助 3.5 万名英国年轻人在中国留学和实习。该计划也大大增加了英国年轻人在中国学习和实习的机会（针对那些如果没有该计划就不能获得此类机会的英国人而言）。这些计划使更多人熟悉了中国的语言和文化，是增进两国之间的主流理解以及更广泛的文化和经济交往的关键，同时也有助于实现英中文化关系“黄金时代”的相关愿景。

英国文化教育协会多年来一直为小学生和教师提供广泛的学校合作和教育机会。汉语被确定为在英国学习的最重要的语言之一。目前直接由英国文化教育协会支持的主要倡议包括旨在支持 5000 名英国小学生达到汉语熟练水平的汉语推广计划（一项我们与伦敦大学学院教育研究所联合实施的计划），以及上海英格兰数学交流计划。

英国文化教育协会在语言以及其他科目的考试方面开展了大规模的工作。我们提供一系列广受认可的英国资格考试，特别是在英语和金融方面，其中最受欢迎的考试当数IELTS考试和ACCA考试。我们在“Future Learn”平台上开设的IELTS备考课程是全世界最受欢迎的大型开放式网络课程之一，其中很大一部分要归功于IELTS考试在中国的普及，中国IELTS考生的人数占全球考生总数的四分之一。

据估计，中国有3亿英语学习者和200万名英语教师，对语言培训有需求。英国文化教育协会目前在中国并未设立英语语言教学中心，但我们提供可免费获取的内容和资料。我们还与中方教育机构合作伙伴共同提高英语教学的标准——我们在过去的35年多的时间里一直是这样做的。我们也乐于支持英国学校汉语教学的发展。

我们在中国执行的所有计划，都力图融入对妇女和女童经济赋权的关注。世界各地的性别平等与经济繁荣息息相关，同时也是可持续发展目标中目标5规定的全球优先事项。其中包括2016年12月启动的未来菁媖中国行动，这是一项旨在消除在校儿童对于不同性别所从事职业的刻板印象的计划；以及今年8月在北京开幕的由英国南岸艺术中心发起并由我们支持的“WOW世界女性艺术节”。

文化、教育是英国推广价值观的方式

在充满不确定性的时代，艺术保持着良好的关系和开放的沟通渠道。它们提醒我们都有哪些共通之处；它们让我们感到安全；它们提醒我们终将战胜一切的是创造力，而不是破坏。我们的艺术作品把两国的专业人士和观众连接在了一起——英中两国不仅将向对方的观众展示彼此的创意作品，而且还将通过培训和专业交流分享创作这些作品时所采用的技艺。

2015 年是英中两国历史上第一个双边文化交流年。英国文化季由英国文化教育协会策划，在中国推出了超过 200 场活动，为英中

2016 年“永恒的莎士比亚”项目在中国举办了超过 100 场活动，伊恩·麦凯伦爵士在上海出席活动，他在舞台剧和电影中诠释过众多莎士比亚的作品

两国未来创意和艺术人才的长期蓬勃发展提供了持久的财富。数字技术和为英国文化季提供支持的众多合作伙伴发挥了（并且仍然发挥着）重要的作用：通过转播、印刷和数字媒体，超过10亿名观众收看了威廉王子主持的启动仪式，有7142万人观看了本尼迪克特·康伯巴奇参与的环节。

2016年，英国文化教育协会举办的“永恒的莎士比亚”项目涵盖超过100个国家，在长达一年的时间里通过各种活动纪念这位剧作家。这其中包括与中国文化部共同举办的中国顶尖剧作家汤显祖的纪念活动。这一成功的双边活动通过艺术加强了英中友好和文化交流。“永恒的莎士比亚”在中国举办了超过100场活动，现场观众5万人，通过平面、数字和广播媒体覆盖的受众（累计）有20多亿。皇家莎士比亚剧团、莎士比亚环球剧院以及包括伊恩·麦凯伦爵士和乔纳森·普莱斯在内的杰出人物的参与，使活动自始至终保持了极大的吸引力。

2017年，我们将通过精心策划的“灵动青春”活动进一步加强与中国的合作。

我热爱我所从事的工作，并对外界对我们的工作及其产生的影响给予的积极评价和高度关注感到欣慰。英国智库ResPublica主管菲利普·布朗德最近在谈到英国文化教育协会时表示：“它是英国在世界上运用软实力开展的最有效的行动”，他说：“这就是英国推广其价值观的方式，不是强加于人，而是表明我们的信念是什么以及我们的信念为何如此重要。大多数外国人都是通过它初次接触英国和英国文化的。”

在与中国的长期交往过程中，英国文化教育协会始终把重点放在建立更加深入和更加广泛的长期联系上。无论身处哪个行业或从事哪种职业，年轻人通过英国文化教育协会获得的经验都将在他们的职业生涯中得到实践——他们个人往往都有着根深蒂固的英国情结。

我的中国茶之旅

文 / 桑国亚　译 / 杨天一

我过去经常喝咖啡。从大学开始，到我在华尔街工作，再到我从事教育行业，咖啡一直就像是我前进的燃料。

我从来没有考虑过关于茶的事。童年时，我的父亲每天早晨都会煮立顿茶，他喜欢茶甚于咖啡。我的母亲也会在一天中的晚些时候喝茶，然而对于她而言，茶永远也不能代替早晨的咖啡。那时，我们从来不会单纯地只喝茶，总是要加一些牛奶、糖、柠檬或者蜂蜜来调节口味。

中美两国的茶文化差异很大。中国生产的茶中 70% 以上都是绿茶，然而在美国消费绿茶的比例只有不到 20%。大部分美国人只喝红茶、袋装茶或者冰茶，且大多数茶都是从印度、斯里兰卡和肯尼亚进口的。当然，这些滋味浓的茶与中国云南和福建生产的精致、芳香的红茶是无法相提并论的。

当时我还是个孩子，我并不知道茶与茶之间还有这么多的区别。我从不泡茶喝，除非我生病的时候——因为我相信茶具有一定的治疗作用。偶尔我会在点食物时要一些冰茶，或者在便利店买瓶装茶饮料来喝。不管怎样，在我年少的时候，茶对于我来说一直都不是最优选择，而仅仅是众多饮料中的一种罢了。

后来，我来到了中国。1991 年我在南京大学求学，2000 年后我因为工作原因规律性地来中国出差。我现在任美国天普大学法学院法治项目的主任、副教授。从 2012 年开始，我便长期居住在北京，与清华大学合作，担任“清华－天普法学硕士项目”的美方主任。随着我在这里的时间越来越长，我对茶的喜爱也变得越来越深。

桑国亚（中）在湖北长阳县与当地茶农合影

茶之初体验

起初刚到中国时，我还是对咖啡情有独钟。那时，中国的咖啡店还没有像如今这样普及，所以我常喝速溶咖啡。其实我并不真的喜欢速溶咖啡，我在美国时从来没有喝过速溶咖啡。记得有一次，我要去相对偏远的地方徒步旅行，于是我买了许多速溶咖啡以备不时之需——我担心出了大城市可能连速溶咖啡都买不到了。

随着时间的推移，我逐渐感受到茶如何成为日常生活的一部分。有一次我拜访了一个福建的家庭，他们每天晚饭后都会在家里自己泡铁观音，这早已成为他们家每天必不可少的一件事情；我还拜访过一家广州的茶楼，那里的茶艺师用各式各样的茶具为我表演了工夫茶；此外，当我拜访我在成都的朋友时，我们会在茶馆相聚并一起品尝竹叶青，看着茶杯里的茶叶垂直地立着浮在水面上，我常常感叹茶的神奇。

这些经历使我对茶越来越好奇，渐渐地也让我开始学着了解茶文化。我开始问自己：既然身边有如此神奇的茶，我为什么还要喝咖啡呢？于是我决定体会一下这充满神秘色彩的茶。

当我终于走进了北京一家茶叶店时，我立刻被眼前如此丰富的选择湮没了。各种瓶瓶罐罐上写着我不理解的茶叶名字，比如“银针”和“毛尖”。售货员接二连三地问了我很多问题，“绿茶，乌龙茶，花茶还是红茶？”那一刻我真的感到非常震惊。

我最终选择了一个我相对更为熟悉的茶——龙井。然后售货员问我要什么等级的，我只是简单地选择了最便宜的那一种，因为我当时并不清楚不同等级的茶叶之间有什么区别。我又买来了一些干柠檬用来一起煮茶，除此之外我也不知道有什么更好的方法。

说到泡茶，我也只是简单地把一勺茶叶放进咖啡杯中，然后倒入开水泡制。后来茶叶开始慢慢沉入杯底，我又一直加水直到茶叶失去了味道。

虽然这只是一个尝试性的开始，但我下定决心要多了解一些有关茶的知识。2009 年我去了一趟杭州的西湖，在那里花了一整天的时间与当地一个茶农家庭待在一起。他们向我介绍了许多制茶的过程，用了一些我从来没有听说过的专业术语，比如“杀青”和“回甘”。那一刻我彻底被吸引了，这次经历打开了我想要了解中国茶文化的大门。从那以后我便进入了一个全新的世界，一直在学习，学而知不足。

学习茶艺研究中国茶

于是我便开始了正式的茶艺培训，先是在美国，后来在中国。功夫不负有心人，2010 年我获得了美国的注册茶艺师资格，2013 年又在东方国艺获得中国的注册评茶员资格认证。虽然那段时间课程紧张，考试难度也不小，但现在回过头来看，这一切付出都是值得的。随着我对茶的了解逐渐加深，我意识到茶艺与法律有着非常相似的地方：在法律学习中，书本中的知识是基础，只有实务经验才能造就优秀的法律人；在茶艺的领域，书本上的知识同样是基础，通过在实践经验之中培养的感官能力才是成为一名茶艺大师的关键。

在我学习茶的旅途中，实践经历也占了很大的比重。我经常会去全国各地的茶园并与当地的茶农进行深入交流，汲取知识。在这些年中，我的足迹踏遍了中国的各个省，包括福建的武夷山和安溪，安徽黄山市的祁门县和太平县，江苏的无锡，湖北宜昌的长阳和五峰以及四川的峨眉山等。值得一提的是，在宜昌，我和当地的茶农成为很好的朋友，我不仅在茶叶的生长季节去当地考察学习，我还会在过年时前去专门拜访。

茶带给我的一切对我来说意义非凡。当我遇到了茶，便自然而然地放弃了陪伴我已久的咖啡。作出这样的转换其实并不难，尤其是当新的选择远比旧的选择好得多的时候。如今的我已经不会在前往偏远的外地旅行时携带速溶咖啡了，恰恰相反，现在的我反而会从遥远的地方买些茶带回北京或美国，这是我的个人专供。毫无疑问，因为茶，我的生活发生了改变。

我对于茶的研究始于我了解到所有的茶叶都产自茶树。白茶、绿茶、黄茶、乌龙茶、红茶以及黑茶都是从茶树中来。然而不同种类的茶叶之间最关键的不同之处实际上在于茶叶加工过程中的氧化程度不同：绿茶完全未氧化，但红茶往往是充分氧化的。除此之外，如萎凋、揉捻和发酵等不同的加工技术和生产工序也会对茶叶的种类产生影响。

在我学会如何辨别茶叶的种类后，茶叶店中的各种“未知”变得容易理解了。比如白牡丹是一种白茶，虽然它的名字中带有“牡丹”二字，而实际上并不是由牡丹制成的；龙井和碧螺春是两种典型的绿茶，却有着不同的产地和生产工序；由于氧化程度比白茶和绿茶都要高，所以铁观音和大红袍都属于乌龙茶，它们的生产过程也需要更加复杂的工序；金骏眉和正山小种是两种红茶，它们的氧化程度比其他种类的茶叶要高些，但一个来源于芽而另一个来源于叶……关于茶的知识很多很多，我提到的也仅仅只是冰山一角，正是这种不断探索的过程让茶显得更有味道。

渐渐地，我开始了解了茶叶店中各种茶叶的名字。比如，茉莉花茶并不是茉莉花的“茶”，而是茉莉花窨制的绿茶；人参乌龙是一种掺杂着少量人参和甘草根的乌龙茶；而菊花茶其实并不是茶，而是一种汤药或者草药。茶叶的品种、香味和气味各式各样，有着无穷无尽的拼配方式。

茶叶的分级同样也是一个非常复杂的过程。在课堂中我学习了根据茶叶的外形、色泽、香气、汤色、滋味、叶底来给它们打分。举个例子，对于龙井茶来说，茶叶外形均匀的龙井就要比有着不同样式的龙井高级一些——尽管它们尝起来可能没有太大差别。

除了为茶叶评级，我还要学习各种不同的泡茶方式。绿茶最好的泡制方法就是用高玻璃杯来泡制，乌龙茶可以在盖碗中泡制，对于普洱茶来说紫砂壶则是个更好的选择。选择使用矿泉水、蒸馏水还是自来水在一定程度上会影响着茶的香味；不同的茶叶也会对应着不同的最佳水温——泡制白茶和绿茶以 80 摄氏度为最佳，而红茶则需要 100 摄氏度的开水。

“我”的茶

尽管有这些复杂的茶叶分类和规则，在泡茶时考虑具体情况也十分重要，要看茶泡茶。比如叶子较大的绿茶在泡制时可能会需要更热的水温，老白茶可能更适宜在紫砂壶中泡制。实际上，尽管有这么多标准化的条条框框，但喝茶其实是一个非常主观的过程。我经常向我身边的朋友建议在挑选茶叶种类和泡制方式时要遵从自己的内心，选择他们所喜欢的。

我个人更喜欢在早晨喝红茶，经常用一个带不锈钢过滤网的玻璃杯来泡正山小种，我之所以喜欢正山小种是因为它有着蜜糖和红薯的香气。中午，我喜欢喝绿茶，比如产自湖北的采花毛尖带有一丝板栗的香味，这对于喜欢吃板栗的我来说简直就是享受。在寒冷的冬天，普洱就是我的最佳选择，无论是生的还是熟的都可以让身体暖起来，就像寒冷和潮湿中的一个温暖的火炉。

对于招待客人时的工夫茶，我则会选择乌龙。先从带有兰花香气的铁观音开始，然后冲泡大红袍，那浓郁的甘甜和烤桃子的芬芳让人陶醉。这两种乌龙茶很耐泡，在几次冲泡之后看着乌龙茶的叶子在水中慢慢舒展开，这样的过程简直是一种享受。

对于中国茶文化的研究与学习，让我的生活变得更加丰富多彩。我去过茶园实地考察，也曾与茶农们谈天说地，在结识了许多茶友

在黄山，桑国亚体验制茶

的同时也让我对中国的生活与文化有了进一步的了解。今年早些时候，我写了一篇题为《茶之旅》的散文诗，并在一年一度的清华大学法学院学生节中配上音乐和视频，进行了诗朗诵表演。茶的艺术，远远比茶叶本身要更富有内涵。

对茶的热爱让我开始向他人传授与茶有关的知识。我曾在天普大学以及南佛罗里达大学孔子学院举办关于茶的讲座，题目为《绿茶或红茶？了解中国茶》。在这些讲座中，我向美国的观众们分享了中国茶文化的博大精深以及茶的种种益处。

同时，我还在北京的东方国艺学校授课，在那里我与学生们分享中国和西方不同的茶的文化和习俗。这不仅能够促进茶文化的传播与发展，而且能通过茶来让我们加强相互的沟通，促进彼此了解。

最后，我创建了一个叫作“老桑说”（laosangshuo）的公益励志微信公众号，在那里我也会与读者们分享茶文化的方方面面。每一天我都会学习到一些新的与茶有关的知识，我也十分乐于将这些有趣的知识分享给世界各地的朋友们。俗话说得好，学无止境。我学到的越多，就越渴望继续探索。通过我的公众号，许多粉丝会和我互动，与我交流他们自己的想法与感受，这也令我获益匪浅。

茶的价值体现在中国文化的各个方面，我们也能在不同领域、不同层次感受到茶文化的魅力所在。我的茶之旅为我带来这一切影响是我始料未及的，之所以与你分享我的这段旅程，是因为我希望

它也能够激励你，鼓励你继续探索和感受博大精深的中国文化。（本文作者曾任“清华—天普法学硕士项目”美方主任）

在宁夏酿造葡萄酒

文 / 弗特纳多 · 阿莱西奥

宁夏的葡萄有宁夏的性情

2013 年，我第一次来到宁夏，那时是来拜访几家中国酒庄，并和我的一个中国学生会面，他和爱人在宁夏经营着一个酒庄。在那之前，我对宁夏略有耳闻，但没有什么直观的认识。虽然我在知名的葡萄酒产区有着丰富的咨询经验，但在意大利，甚至在欧洲都很难获取宁夏的有关信息。所以我来到宁夏后首先分析它的外部条件，如天气、土壤和气候，这些是一个地区是否适合种植酿酒葡萄的先决条件。

榨季时我在宁夏待了近两个月，经验告诉我，宁夏是一个优秀的葡萄酒产区，可以生产出能与波尔多和巴罗洛等世界最著名的产区相媲美的甚至更优质的葡萄酒。这里的天气条件和欧洲其他地方大不相同，冬季和夏季的天气更加极端。冬季严寒，气温会下降到零下25℃，并持续一个多月，葡萄藤会被冻死，所以在冬季来临之前，葡萄藤被土埋了起来。夏季炎热干燥，白天气温会超过35℃，晚上的温度因地区而有差异，特别是靠近山区的地方气温会下降到15℃—18℃，昼夜温差巨大。除此之外，不同地区的土壤类型也有

弗特纳多·阿莱西奥，意大利人，中国西北农林科技大学客座教授、西安葡萄酒商会联合顾问、《吉尔伯特 & 盖拉德国际葡萄酒指南》中国区总监

很大差异，有些地区更接近黏土，而有些地区沙质特征更明显。这里在冬季来临之前葡萄藤就要被埋起来，等到春天再挖出来，导致葡萄藤的植物生长和成熟并不理想，有些地区的葡萄品种如赤霞珠并没有足够的时间成熟。因此，在有些地区，赤霞珠并不是最能表达宁夏“风土”的理想品种。如今随着酿酒工艺的发展，一些人工产品可以用来提升葡萄酒质量，但我个人理想的风格以及酿酒实践告诉我要尽可能少地去使用酿酒产品，尽量让葡萄酒自己说话。我在担任《吉尔伯特 & 盖拉德国际葡萄酒指南》中国区总监期间，一年间品尝并评价了 142 种中国葡萄酒，其中大部分来自宁夏，毫无疑问，宁夏有实力成为世界领先的葡萄酒产区之一，但未来酿酒师应该开始种植更适合宁夏风土的葡萄品种，也许研究并种植意大利南部的酿酒葡萄会是一个有趣的选择。

成为贺兰晴雪大家庭中的一员

我很荣幸能在贺兰晴雪酒庄酿造葡萄酒。贺兰晴雪是宁夏最著名的酒庄之一，也是中国第一家获得品醇客奖项的酒庄。2017 年 4 月中旬，贺兰晴雪与宁夏产区数十家酒庄在波黑的第 20 届莫斯塔尔经贸博览会上亮相，让我在开始工作之前就对这里充满期待。的确，和酿酒师张静女士以及她的员工一起工作是一种美好的经历。

在榨季我和他们一起工作了两个月。一开始，庄主给我买了新的工作鞋，还有一件可爱的印着“加贝兰”标志的夹克，我感觉自己就像是这个家庭中的一员。工作进行得很顺利，在采收季，我们多次去葡萄园检查成熟度，因为我想用 100% 成熟的葡萄完全体现宁夏葡萄的风土和葡萄酒的风格，在酒窖中尽量少使用人工产品。团队里的人都十分友好，每次都能陪我去葡萄园使用化学分析方法检测成熟度。“加贝兰”团队已经习惯了通过努力工作，生产出更优质的葡萄酒，所以对他们来说，在发酵和陈酿阶段处理任何情况都不是难事。

我没有墨守成规地跟着酿酒方案走，因为每次酿酒都不同，我

世界著名葡萄酒大师杰西斯·罗宾逊在贺兰晴雪酒庄橡木桶上签名

会不断品尝酒样，根据具体情况作出分析，比如我会依据葡萄类型选择最好的酿酒工艺。有时他们看我从清晨到深夜都在酒窖里检查葡萄酒状态，感到十分吃惊，但大多数情况下我自己都毫无觉察，因为很多操作都是我一个人完成，我很享受这种体验过程。每次需要协同合作时，“加贝兰”团队都能积极配合，我们之间是一种不同酿酒风格的专业性交流。所以，当葡萄到达酒庄时，整个团队已经训练有素，做好准备去梗分拣，挑选最优质的葡萄来酿酒。在宁夏做酿酒师是一个奇妙的经历，在这个团队里，我们相互学习。当地人还向我展示了宁夏特色美食，让我享用到许许多多新鲜美味的食物，真是美妙的享受。我很享受在酒庄的生活时光，容健庄主把我当作儿子看待，视我为家庭的一员。为了让我不想家，他们还给我带来了一些国际食品，像意大利面、果酱，还有奶酪。葡萄酒是这里每个人共同的热爱，我觉得和所有人分享我的经验是一件了不起的事。

请你来发现宁夏酒庄的美妙

一个葡萄酒产区要成为一种标志，有很多影响因素，比如风土、环境、土壤、品种和人。这里的气候和土壤类型有适合发展高品质葡萄酒的潜力。同时，宁夏酿酒师也能在很短的时间内迅速吸收外国专家的建议。

宁夏葡萄酒的质量在逐年提升，我有机会为《吉尔伯特 & 盖拉德国际葡萄酒指南》品尝了宁夏周边所有地区的葡萄酒，得分最高的就产自这里，品酒的经历充分证明宁夏葡萄酒的质量。世界上没有任何一个葡萄酒产区能在发展过程中得到国家和地方政府如此大的扶持。我在世界上所有的葡萄酒产区都生活过，在宁夏所感受到的是其他国家无法复制的。我十分欣赏中国政府以及宁夏葡萄酒产业发展局在发展宁夏葡萄酒产区中的完美合作。2013 年我第一次来宁夏时，通往酒庄的道路尚未完工，而 2017 年，我能驾车或骑车顺利到达任何一个酒庄。群山环绕酒庄的壮美景观会带来非凡的宁静平和之感。

大部分酒庄设有舒适的中式住宿，让你处在舒适、整洁、健康的环境当中，能满足你的一切所需。来这里旅行三周以上都不会感到厌烦，在舒适的住宿环境中休息，周围葡萄园环绕，还能享受当地的美味佳肴。当地人温和朴实，即使有些不会讲英文，你也仍然能感受到他们的热情款待。我真心推荐所有喜欢葡萄酒和酒庄的外国人来参观这个美妙的地区，还有更多等待你去发现、去感受。

未来，我对宁夏抱有更高的期望。而且我相信不久我们会在世界上顶级的品酒会上见到越来越多产自宁夏的优质葡萄酒。宁夏葡萄酒潜力巨大，一切只是时间问题。如果有一天，越来越多的外国

葡萄酒爱好者来参观神奇的宁夏，宁夏的葡萄酒变得和巴罗洛一样出名，我一点都不会感到吃惊。（宁夏回族自治区外国专家局供图）

初来乍到

文 / 史蒂芬 · 方嘉提　译 / 史聪一

我愿意同诸位分享的故事不胜枚举，这次我要讲述的故事却使我感到尤为贴心。

这个故事讲述了我们一家来到中国最初几日的所见所闻。

当一个人初次来到一个国度，缩手缩脚的经历或将不可避免，尤其是带着两个孩子并且不会讲任何中文，而且对新的地方一点儿也不了解。幸运的是，我们得贵人相助，迈克费什先生（非其真实姓名，以下简称费什先生）来机场迎接我们：他不仅是我未来在学校的同事，还是邀请我们来华之人。对此，我记忆犹新，因为当时费什先生本人一直处于紧张不安的情绪中，他似乎急于将我们送到巴士之上，并尽快让我们入住其体贴安排的公寓之中。总之，一切越快越好！

对我而言，每当来到一个新的国度后，寻找自动取款机并兑换

史蒂芬·方嘉提的全家福

一定金额的当地货币，已然成为例行公事；如若不然，我便会在机场的外汇兑换点，用先前随身携带的本币兑换一些外币。但是，费什先生雷厉风行的举动，让我不敢有丝毫的耽搁与拖沓。

接着，我们全家被接送至一所属于自己的公寓中，这天是个周六。这里相当不错，并附带一些指引信息。因为筋疲力尽与时差作梗，当得知这里能够在周一早晨乘坐巴士前往学校后，我们一家随即瘫倒在凌乱的床上睡了几个小时。但对我们而言，休息时间并没有持续太久，因为孩子们在飞机上睡得很香（小孩子的典型特征），在一个陌生的环境中，孩子们热衷于探索每一个角落，所以我和妻子必须保持警惕。此时，妻子要求我必须去做的第一件事情便是外出购买食物，因为过不了多久饥饿感便会笼罩全家。于是，我带着信用卡与一些欧元，希望能够找到兑换人民币的地方，那样我就能够在超市购买一些食物。果然不久之后我便找到一家拥有自动取款机的银行，取款机上显示能够使用 VISA，并且支持英文服务（并不是所有的取款机都支持英文服务）。于是，我迅速掏出了我的信用卡，试图换取一些人民币。那么，结果如何呢？得到的答案是：不可以！

我在国内的银行拥有足够的信用额度，并在出国前夕已确认过，我甚至询问了信用卡能否在中国使用，银行回复我说没有问题。然而，在永泰当地辗转了两三家银行后，我意识到使用信用卡并不奏效。这时我身无分文（人民币），无法在超市买到食物，我的孩子们将会饿肚子。冷静思考后，我认为事情应该可以解决，因为我随身携带了许多欧元现金。于是，我找到一位银行职员询问哪里可以兑换人民币，但他们只是茫然地望着我，平静地用中文对我说着什么。之后，他们给了我一个尴尬的微笑，看起来因为什么原因而觉得抱歉。其实我能够理解，并不是每一个人都会说英语，于是我决定询问其他人，因为我认为必然有人懂英语，毕竟这是国际通用语言，难道不是吗？但我确实错了，在其他银行，被询问过的银行职员们全部都是同样的反应：先对我用中文说些什么，然后面露愧疚地站在原地。也许，他们在后悔上学期间并没有足够重视英语课。我该何去何从？

事实证明，周六下午在永泰兑换外币绝非易事。这时我开始有些气恼，饥饿与压抑并存。我不是一位称职的父亲，我究竟做了什么，把全家带到了这个湿热的地方并且让他们饥肠辘辘——这是何等的绝望（每当悲剧浮出水面时，那些具有西班牙基因的人们总是按捺不住）。如果下一位银行职员仍然对我尴尬一笑，那我着实做好了尖叫的准备。但幸运的是，我遇到了一位美丽的女士，她的英语非常出色，伴随着令人倍感安慰的音调，同时向我解释该业务并非每家银行在周六都能够办理，应该前往市中心的一家银行进行办

理。随后，她为我写下一些路线指引，并告诉我搭车前往那里即可。欣喜之余，我准备带着满满的温暖离开银行，但当我走下台阶之时，突然意识到：如果出租车司机载我到任何地方，我都需要付现金！没有现金使我感到绝望，这该如何是好？我折回银行，向那位唯一能与我进行语言交流的女士进行询问，周围是否存在其他银行能够步行前往？她在询问了她的同事们后，抱歉地告知我：那是他们所知唯一能够进行兑换的银行。

但是，她接下来的举动却让我感到如此的伟大。

她来到柜台后方打开了自己的钱包，拿出了属于自己的 20 元人民币，并将这些钱转交到我的手中。她向我表示这些现金足够打车使用，同时示意我不要担心，偿还与否并不重要。

对于一位处于烦躁状态且不堪酷暑的外国人士而言，她的举动着实令人感到震撼，使我无言以对。但我随即明白：在这个国度，人与人之间的关系超乎金钱；我还明白了：我会喜欢中国，喜欢这里的文化，同时还有这里人与人之间的友善与耐心；我也意识到：我当时正身处于一个美好的地方。

之后，我的确找到了她为我指引的那家银行，就在它刚刚准备结束一天营业之时，我兑换到了一些人民币。后来，我还找到了一家超市，购买了食物，并带回给公寓中的妻子与两个孩子。后来，我们还找到了前往学校的路。然而，我却再也没有机会能找到返回那里的道路，再也没能找到那天曾经帮助过我的天使，并向她说一声“谢谢”！因此，我特此写下这篇短文，希望在未来的某一天，她也许能够听到或读到我写的故事，并认出故事中的自己，这样她便能够收到我所致的谢意。

非常感谢你能够在我来华第一天给予我的帮助，是你给我留下了持续深刻的印象，牢牢地牵挂于心。（作者单位：广州誉德莱国际学校）

在彩云之南，追求爱和真理

文 / 大卫·C·刘易斯

中文里有个词非常有用，叫作“不好意思”，其含义就是“尴尬的”。我经常能听到这个词或许是因为我是个外国人，更有可能对我周围的人做一些蠢事，或者做一些令人尴尬的事情。在我众多“不好意思”的时刻里，有一次是我第一次去上课，当面对一帮新学生时，我一开口讲话，就开始流鼻血。这帮学生对他们新外教的第一印象就是：一个高高的外国人躺在地上，被很多学生围着一边递纸巾一边讨论该怎么办。

之后，我意识到流鼻血可能是抗疟药物的一个副作用。我的大女儿在巴布亚新几内亚的一个偏远丛林医院里当医生，那个夏天我们去那里看望她的时候吃了这种药。我的家人都分散在世界各地：大儿子和他的妻子、两个女儿生活在中国北部；二儿子和他的妻子、女儿生活在英国；我们的另外两个小女儿和我与妻子住在中国。

很大程度上，我们搬到中国是因为我们想让两个小女儿学中文，让她们有一段在中国的生活经历。20 年前，我的妻子露丝看了一个关于中国弃婴的电视纪录片。露丝觉得虽然我们已经有三个自己的孩子了，但我们可以收养一个中国孩子。我和我们的三个孩子经过讨论后开始了漫长的收养过程。我们于 1998 年 1 月第一次到中国，收养了当时只有 9 个月大的 Esther Xiufen（路秀芬）。两年以后，我们又收养了 11 个月大的 Joanna Xiaoying（路晓英）。那个时候我们住在英国，所以英语成为两个小女儿的母语。然而，我们希望她们也能懂得欣赏她们的中国“传统”。

几年后我做了个梦，梦里我站在山上往下看，看到了一个城市郊区的新发展。我看到了一栋新房子，房子周围正在建造房屋和公路。我醒来之后并没有去想这个梦，要是两天后我没带我的小女儿们去沙滩边的话我大概早就忘掉这个梦了。当孩子们在玩沙子时，露丝告诉了我前一晚她做的一个梦，梦里她在一个城市的郊区看到了一栋新房子，而房子周围也在建造新的房屋和道路。

我震惊了！我告诉露丝两天前我也做了同样的梦。我在想，这是不是就意味着我们应该搬到一个城市新发展起来的区域？抑或是象征着一个“新的开始”？我想其实应该包含这两方面的含义。露丝还记得她梦里的细节，那儿有红土地。现在我们住在呈贡，离云南大学新校区不是很远，有时候我们看看周围那些正在新建的建筑

大卫和他的家人

物就会想起这个梦。

在露丝的心里，她觉得这一定和中国有关。这也与我们想让秀芬和晓英学习中文、体验中国生活的想法相关联。

如果我们本就该去中国的话，该去中国的哪里呢？我们在思考这个问题的时候，昆明总是能吸引我们的注意力。我们的一个朋友寄了一封信来邀请我们去昆明；之后我去参加剑桥大学的研讨会，来自云南大学的教授讲述了她在云南的研究。我在想这或许也是有意义的。研讨会结束后，按惯例都会去附近的酒吧喝上一杯，当时我告诉她我们在考虑移居到中国，但是还不确定什么时候去，具体去哪个地方。尽管她给了我联系方式，但是直到我移居中国后才联系她，也正是她帮我在云南大学找到了教社会人类学的工作。

就这样我们来到昆明。一开始，我希望在昆明住一两年，后来延长到了 4 个学年（2006 年—2010 年）。之后我们回到了英国，露丝可以陪陪她的老母亲，她的母亲于 2011 年去世了。这样一来，小女儿们可以受到英国的初中教育。

我们曾想过会回到英国住几年，至少住到小女儿们完成她们的中等教育。因为晓英想将来申请在大学读医科专业，那么在此之前让她在英国接受完该阶段的教育对她来说很重要。

2013 年，我回到云南继续任教两年。住在呈贡，我们感觉就像回到家一样。秀芬通过在当地的师范大学上课继续提高她的中文水平，而晓英一直在网上继续她的英国教育。

我们所有人都在不同程度地学习中文，但我大部分时间都用来备课和教学，同时也编辑其他学者写的英文文章。我同样受邀到俄罗斯和其他地方上课，这些工作缩短了我学习中文的时间。露丝和小女儿们进步得都比我快好多。

其他让我觉得进步很慢的还有慢跑！因为我的大部分工作是坐在桌子前，我尝试每周在附近慢跑几次。2007 年，其他外国人一定见过我在慢跑，因为有一天露丝接到他们其中一个人打来的电话，询问我是否可以参加一个第二天和当地警察的跑步比赛。我对这个比赛完全不了解，只知道第二天我该坐警察局的车到昆明西边山上的一个地方去参加比赛。

当我们到达那里，我发现这是在纪念一年前北京奥运会开幕。显然，警察局是被要求组织一个国际型跑步比赛，所以他们需要邀请外国人参与。当我看到其他外国人时，我松了一口气，因为他们看上去是一帮体格健美的巴西人，这似乎能让我们外国人阵营不至于丢脸。

大概有 80 到 100 人参加了这个比赛。这些巴西人和很多警察超越了我，我当时已经是50岁的“老爷爷”了，但我坚持跑到了山顶。我不知道究竟需要跑多远，但我坚持一直跑，并且超越一些警察，甚至超越了一些不适应高海拔的巴西年轻人。之后跑了两公里多，我到达了山顶，以为比赛就结束了。当我坐下来时，有人清楚地告诉我必须再跑回去。于是，我再次跑起来，超越了更多的警察。当我最终到达山底时，我不知道我该去哪里，但有人领我去一个桌前，我把在山顶领到的卡上交了。

在桌边的一位女士用中文跟我说了一些话，但我没听懂，之后她就消失了。我猜她是想告诉我让我等着，她去找一个能说英语的人过来，之后那个女士再次找到我，把我带回到桌前，这样他们就可以记下我的名字。颁奖仪式上，最先是两名中国男子领取奖品——一个花瓶，却没有一个证书证明他们在这次跑步比赛中的名次。之后我就听到了我的名字，我走上前去，领取了我的奖品——花瓶，但我并不知道我到底是第一名还是第三名。直到现在我都没搞清楚我到底是第几名！

另一个难忘的事发生在2009年，当时将近有4000名人类学家来到昆明参加由云南大学举办的大型国际会议。在会议筹备期间，我除了准备其中一个展板，也帮忙做其他事务，如编辑会议手册的英文版本。我仅仅把这个工作看作是需要去完成的任务，并没有什么特别之处。所以，当我得知云南省政府颁发了一个奖牌以证明我对此事的贡献，我有些受宠若惊了。在颁奖典礼上，我获得了“彩云奖”，也叫作“友谊奖”。这些奖牌是由云南省副省长李江女士颁发的，云南省的其他一些主要官员也参加了颁奖典礼，我代表获奖的外国专家作了发言。然而我觉得应该借此机会谈谈更深层次的问题，所以我接下来是这样说的：

“在云南大学，我欣赏许多学生对知识的渴望。然而，真正的知识远不止是了解事实。智慧不会从图书馆得到。若没有爱来平衡的话，对真理的追求可能让我们变得很冷酷无情，就像没有真相的爱让我们变得

大卫在云南大学授课

柔弱无比。二者的结合会让我们富有人性。

“‘友谊奖’提醒我们，无论我们是来自中国还是其他地方，我们都是人类，都应该在爱和真理的基础上负责任地和别人沟通。这些是任何一个持续发展的社区的基石，无论是一个家庭、一个企业抑或是一个国家。不管是个人还是国家，我们都应该去找寻真理，也要追寻爱的力量，这对我们很重要。在马丁·路德·金博士的书《爱的力量》里，他提到我们需要的是‘坚韧的毅力和温柔的心’。这是我们所有人都能运用到自己生活中的原则。我们所有人都行走在生命的旅途中，都有义务去找到出路、找到真理、找到人生。”

我还在这场旅行的路上，正如我们所有人一样，我不知道前方有什么在等着我。现在因为晓英的教育问题，我们准备回到英国，可能还是住在剑桥。即使我们将在英国生活，很多时候我的心依旧在中国。我已经爱上中国人民和他们的生活方式。中国有句古话叫作“身在曹营心在汉”。我想这句话很适合马上要回到英国的我。如果我可以根据我自己的情况稍微更改一下这句话的话，那就是“身在英国心在汉”。

教师的遗产

文 / 约翰 · 劳伦斯 · 哈里伯顿　译 / 张慧生

劳动将人类世代相连。前人栽树，后人乘凉；前人盖屋，后人居住。同样地，教师育人，育的是要在几十年后塑造世界的人才。

为了更光明的未来，与所有职业一样，教学使我们与人大量接触。我们的学生不一定能成为这个时代最伟大的科学家或最多产的作家，但他们一定会受到我们教学的影响。不管他们将来成为什么样的人，护士、出租车司机、销售或是任何其他角色，教学的影响都会渗透到他们每天的日常中。我们的课堂和师生互动可以对这些塑造未来世界的人产生深远的影响。学生在学期末的那一声道谢“老师，谢谢您”，不仅是出于礼貌，也是在向我们对他们所付出的一切表达深深的敬意。

诸多际遇，不能一一道来。但确实有一些关键事件让我意识到，我多少参与塑造了我们的未来。这些年轻人身上携带着我的遗产，我让他们的人生变得更好了。

我与许多外教一样，都体会到了让学生（甚至是大学生）在口语课堂上开口说话的困难。我发现，穿得休闲随意一些，能拉近和学生的距离。因为西装革履会营造一种正式感，也就会在师生之间形成沟通阻碍。所以，放低自己，可以让学生愿意与你亲近，还可以让他们前所未有地敞开心扉。这一点，对男生尤其奏效。毕竟，英语是女生主导的学习领域，所以在我们的课堂上也几乎找不到男生。那一两个男生突然扎在女生堆儿里，往往会感到不适而不愿开口。很荣幸我最早的课堂有过好几个男生。他们发现我是一个可以对话并且谈得来的对象，所以他们非常乐于和我做朋友。我融入他们中间。在我的英语课堂上，我不强调规则，而更多地重视语言体验。

惠州学院第二十届科技文化节暨首届外语文化节之第十三届“我心飞翔”英语话剧比赛

我帮他们找到自己的声音并享受到语言的美妙。有那么一个男生，在其他中文老师的课堂上学得很吃力，但在我的课堂上轻轻松松就能成为最优秀的学生。他对我坦白说，其实自己当初择校时并不是出于对英语的兴趣，只是想尽可能地逃离他在陕西的父母。他学得很吃力，而且写作和阅读总是规矩多多、枯燥无趣。但在我的课堂上，他可以脱颖而出，还可以说他所想，真正享受课堂。他承认，第一个学期他的成绩很糟糕，甚至让他起了退学的念头。好在他从我的课堂得到了鼓励，他希望将英语学习变成一段旅程而不是一场斗争。他尽力完成了所有必修课程。两年后，他继续选修了我的文学课程。尽管文学对他来说也很困难，在我的文学热情的影响下，他在艾米莉·狄金森的诗歌中找到了自己的兴趣。他沉下心来，又一次在英语中发掘出了超越语法结构的条条框框之外的兴趣点。若不是从我们的关系中得到了鼓励，他说不定早已放弃学位，潜力尚未激发就逃回家乡。我很自豪，我帮助这个年轻人找回了自己的人生，他不可限量的未来将有一部分归功于我们一起度过的时间以及这段亦师亦友的情谊。

下面这个学生的故事你可能会觉得有些耳熟——这是一个一身才华的女孩子却险些被自己的不情愿、不自信或迷失感所束缚的故事。有这么一个能力出众的女生，英语流利程度远超她的同龄人，也因此被选中去美国游学。回来以后，她仿佛幻想破灭了一样，整个人都没有精神，也没有学习的动力。她开始翘课去滑滑板，也不怎么学英语了。我一再告诉她，她应该好好上课，也一再鼓励她，她的文学能力非常出色，我对她非常有信心。这样，虽然她还是会翘课，但在我的课堂的出勤情况好转了很多，也展现出了巨大的潜力。我发现，中国学生普遍存在一个很严重的问题，那就是不善思考，不知道从不同角度来看待问题，不能得出非常深刻的结论，也就无法跳出传统和世俗的眼光实现真正的探索。但是，文学恰恰需要这样的探索能力去推陈出新，而且，对于许多文学问题来说，并不存在绝对正确的答案。这个同学就具备这样的能力。同样一个段落，她总能看出其他同学看不出的东西。我不断鼓励她在这门课上花更多的时间。但后来到了考试阶段，我才意识到自己犯了个错误。我没能教她在话题限度内进行发挥。答题时，她还没有真正触及问题本身，就像一条切线一样任性地跑题了。自然地，她优秀的英语能力也没能展现出来。我对自己没能当好这个掌舵的船长感到失望。幸运的是，无论是否有我，她都那么优秀。她还是会迷茫，还是会有顾虑，但是我鼓励她，让她顺从自己的理想到欧洲攻读硕士学位。有时候，我们必须要把握好度，培养学生的批判性思维能力。

接下来这个故事的基调就有些忧郁了。学生心理问题是当今世界的一个共性问题。最开始，我只教两个班级。但是才开学，我就遇上了一个让我措手不及的情况。我接到另一位外教同事的电话，他说我班上的一个新同学要跳湖，好在被他暂时拦下了。我吓得不轻，那天晚上我尽了全力开导她，但她还是想不开。后来，她总算回了宿舍，睡下了。我拿不准该怎么处理，生怕稍有不慎弄巧成拙。对我来说最简单的办法莫过于袖手旁观，继续做自己的，假装自己什么都不知道。但寻死往往是一种呼救讯号，甚至可能仅仅是在寻求关注。根据我的经验，许多中国学生遇到问题以后难以向身边人倾诉，无论是家人、朋友、老师，还是辅导员。所以我很耐心地告诉她，只要她需要，我都会在她身边支持她。中国有句谚语说得好，师傅领进门，修行在个人。她接受了我的提议。毕竟，她没有告诉班上其他人，也总是自己一个人坐着，她其实憋了一肚子的话。而且，我发现她的英语说得特别好。我们用英语对话，她在英语中找到了自己的声音。多数时候，她和我谈天说地却对自己的问题避而不谈。但也有时候，她不得不跟我倾诉她的情感和压力。就这样，她慢慢好了起来。后来，这个女生的父亲表示希望当面感谢我的帮助。

就在那一刻，我才意识到老师对学生的影响有多大。除了给予他们鼓励，我们甚至可以拯救他们并帮助他们健康阳光地成长。我不忍假设，如果当初她的问题没有得到善意的引导，会发生怎样可怕的转折。但是目前来看，她比以前好多了，她的家人心存感激，她的未来安全无虞。

简而言之，通过教育，老师可以将学生塑造成比老师本身优秀百倍的人。我努力让我的学生比我有出息，这就是我的遗产。我的中国学生后代的人生成长和知识储备，也会有一小部分可以追溯并归功于我和我的教师同事的努力，我们帮助他们在中国这个不断发展的大社会里找到了自己的一席之地。我十分尊重我的学生，我也坚信，我借助他们的力量在这世上做了一些好事，我为此感到自豪。

（作者为惠州学院外国语学院英语教师）

一个在德国出生的美国人
如何爱上鸭血粉丝汤?

文 / 理查德 · 瑞斯特　译 / 杨莉

“这汤，”我对父亲大声说，“是南京有名的风味小吃呢。”我眯着眼睛盯着电脑，然后抬头看着父亲。父亲正在看一部科幻电影，听我说话他停下来注视着我。我一边读电脑上的文字一边偷窥父亲的脸，“这叫鸭血粉丝汤，就是在汤里放些凝固的鸭血块，再放些鸭肠、鸭肫、鸭肝什么的，还有其他鸭的器官。”我朝父亲瞟了一眼，看到他脸色惨白，眉头紧皱，嘴唇轻撇。

“听起来有些恶心啊。”他说。

“是的呢。”我合上电脑，放到桌上说，“到了中国，我会尝试很多东西。但是这么恶心的东西，我想我永远也不会碰的。”

这次和父亲的对话发生在我即将到中国之前的三到四个月。那个时候，我已让我的招聘顾问帮我在南京寻找一份大学的职位。与此同时，我在尽可能多地了解这个城市，如果我准备在这个历史悠久的城市安家，那么了解当地的风土人情就很有必要。作为一个出生在德国的美国人，我从小被教导：表现出对东道主文化真正的兴趣，即是展示尊敬的最好方式。

我的招聘顾问一直在对我进行 Skype 面试，他给我提供了在常州的一所学校的应聘机会。招聘顾问告诉我可能的薪酬数字，我意识到这可能比南京的大学提供得要多，我开始转移目标，关注常州。这个城市环境优美，生活成本低，生活节奏慢，这些因素似乎更加吸引我，最后我还是放弃了大都市，选择了常州。对我来说，常州不仅靠近南京，还靠近上海。如果你想到江南旅游，常州是一个非常便捷的城市，这正是我真正想要的。

常州迎桂馒头店，寻味江苏意味着寻找当地的美食

几年以后，我确实体验了很多苏南的风土人情，并期待有更多的发现。在常州的第二年，一个颇具讽刺意味的事情出现了。一次我和一位中国朋友出去吃晚餐，这是一个美食广场，没有服务员，客人自助下单。不一会儿，我的朋友就在我面前摆了一大碗汤。

“这是什么？”我好奇地问。

“试试吧。”我的朋友说。“如果你喜欢，我就告诉你是什么。”他狡黠地咧嘴一笑，“如果不喜欢，那就算了，这个我吃，然后给

理查德 · 瑞斯特（美国籍）

2016年起至今在河海大学常州校区担任英语教师，2017年被授予“常州市荣誉市民”称号

你点别的东西。”

我看着汤碗，一些暗红色的块状物漂浮在金黄色的汤面上。我笑着说：“呃，我知道这是什么。”

我的中国朋友似乎不太相信，说：“是吗，你真知道？”

我拿起筷子，指着那个暗红色的东西说：“我知道，这就是鸭血粉丝汤！”在那一刻，我突然想起和父亲的那次谈话，想起他那难受的表情，想起我胃部的反应。好吧，那确实是我最初的反应。那时在美国，而此时此刻，我在中国！我拿起汤勺，以一种开放的态度，尝了一小口。天哪，我有生以来第一次吃鸭子的血！对我来说，有点腥气。但再品下去，口感竟像豆腐般细嫩柔滑。我又试着喝了一口汤，吃了鸭肠和其他鸭杂。我有些惊喜，没想到南京的鸭血汤，竟然这么好吃！连汤带水，我把整碗鸭血汤全吃光了。

当我再次审视这件事情的时候，我真没想到事情会是这样的。我突然觉得，那个曾把鸭血汤配料告诉他父亲，以至父亲受到惊吓的人，以及真正尝试过鸭血汤的那个人，是两个不同的人。我曾经是一个只懂抽象中国文化的人——我满脑子都是在书本和互联网上读到的东西，以及李连杰和成龙电影中看到的东西，那个“我”被费城芝士牛排、三明治、比萨饼、汉堡包等包围。在美国很少有人吃动物内脏，我并不想以此进行比较。到了中国，我渐渐意识到，要想在常州或苏南任何地方生活，就要诚实地去尝试，抛开任何先入为主的固有观念。

在中国，我遵循一条原则，如果一位中国朋友邀请我吃饭，就算食物看起来难吃，我一般也不会拒绝。因为那样做对主人的热情款待无疑是一次灾难。我是这里的客人，江苏热情地接纳了我，我获得一份稳定的工作，就像其他在常州、无锡、南京等地合法工作的外国人一样。这里不是美国，也不是欧洲，永远都不一样。期待一样的外国人纯属自欺欺人，应该“回家去”。老实说，待在家里他们会更快乐，更平和。但有时候，作为外国人，你必须走出自己的舒适区，这样才能更好地生活。更何况那些舌尖上的美味——诸如牛肚、鸭肫、鱼头等等——如果我纠结于它们是不是西式美食的话，我就吃不到这些美味佳肴了。

顺便说一下，我父亲也开始接受我的观点。他曾两次到常州来看我。第一次，一位同事把我俩带到了武进淹城景区的一家餐馆，点了一道特色菜——寨桥老鹅，里面有鹅肉和暗红色的鹅血块。“说实话，味道不错。”我父亲说，一点都看不出他以前曾是那么的反感。

几天之后，那个带我吃南京鸭血汤的朋友又带我和父亲出去吃晚餐。父亲和我又一次大快朵颐。

在坐公交车回去的路上，爸爸和我谈到我们一起吃过的那些美食。他发现，这里的中餐与美国中餐馆的中餐完全不一样。要了解中国文化，你必须入乡随俗，品尝当地特色美食是了解当地的最佳方式。况且各地美食林立，即使每天尝试，都不一定能了解中国美食文化的精髓。

“这还是值得一试的。”我说。

“是的，”我父亲应道，“确实如此。”

“这就是中国”

文 / 詹妮丝 · 穆诺斯 · 阿尔泰加　译 / 孙梦格

这句话是我刚到中国就听到并学会的，后来我也常用它来提醒自己要心胸开阔。在过去两年中，我的头脑、内心和灵魂在生活、教学、学习和体验中国的过程中发生了转变。我曾认为，58 岁的我已经是一个非常成熟的旅行者了，因此，当我得到吉林财经大学的一份教学岗位时，我从来没有想过这段经历将会改变我的一生。

与中国的独生子女学生不同，我在一个大家庭中长大。所以，对我来说，与兄弟姐妹们分享，在高中和大学期间做兼职工作等都是再正常不过的事。我接受了在大学的一项实验教学项目中的讲师工作，并在 58 岁时获得了中国的工作签证，而在这个年纪我的大多数中国同事都已经准备退休了。当我抵达校园，以兴奋的心情欣赏着周围的景色、声音和文化时，我的确感到一丝惊讶。但是我此前曾经在美国、北美和欧洲大陆都旅行和生活过，我相信我能处理在中国遇到的任何难题。

第一印象

我于2015年8月26日抵达，并按计划于8月29日星期一开始教学。我整理行李时就做好了心理准备，要敞开心扉拥抱这个新环境。我不会说中文，也不会读。当我走在街上，看到那些中文指

本文作者詹妮丝·穆诺斯·阿尔泰加（中）与学生在一起

示牌和标志，感觉自己就像个小孩儿一样，什么也不懂。我接受了每一个向我投来的微笑，声音和气味。我可能已经遇到我的主管三四次了，但我似乎从来没有认出她来，因为她总会在我又一次说“很高兴认识你”的时候温柔地提醒我，我上一次见到她时已经说过了。

我上课最初四周的学生是大学二年级的学生，我的课平均每班 40 人，这么大的班级我还从未遇到过。我意识到我不仅要记住他们的非中文名，还要了解他们每个人的真名。我的第一个真正的挑战是如何真正地去了解他们。第一学期，我共有约 230 名学生。我使用的是标准的大学教育的方法，给每个人自由，尊重他们作为成年人的行为和回应。我的所有课都只有三个简单的原则。但我很快意识到，大多数人都希望我告诉他们应该何时休息、该做什么以及该怎么做。我希望他们能向我表达自己的想法，而不是对我亦步亦趋。但是，我这样的想法和行为对他们来说，却是极为陌生的。就这样，我们开始了新关系，外国教师和新的中国学生。

新的名字

到了 10 月初，我准备对大学一年级的新生再开 5 个班。在新的班级里，学生们都表现得非常热情和高兴。他们中有些人还没有英文名，并希望我给他们起名字。我觉得这是一份需要付出额外努力并且非常荣幸的事情。我首先问了他们各自中文名字的含义，那些名字都非常美丽、特别。我告诉他们我不确定自己是否能给他们取一个和本名同样美丽的名字，但那些学生们依旧信任我，并且非常期待和兴奋。我回到家，仔细地研究着他们的名字，既感到荣幸，又感到责任重大。由于我的名字的来源不是英文，我告诉学生，并非所有英文名字最初的起源都是英语，有些名字是希伯来文，拉丁文或其他文字。命名日到来的那天，我看到了期待着新名字的学生们脸上绽放的笑容，当我喊出了他或她的新名字并将新名字赋予他们时，我看到了他们脸上的喜悦，同时也想起当一个人听到自己的名字时，会自然地感到骄傲。在我命名时，没有两个名字是相同的，正如没有两个学生是一模一样的。他们也给我取了一个名字，我也感受到了同样的自豪感和荣誉感。我的中文名是茉莉。

中国信息技术的挑战

我认为自己相当精通技术，作为“婴儿潮”中长大的一代，我经历了黑白电视、转盘拨号电话（而不是智能手机）、黑板（而不是 iPad），对我们那代人来说，“游戏”还只意味着晚饭前到户外去运用想象力。我在高中学会了用打字机，在 32 岁时学会了使用个人电脑为政府工作。在2010-2012年完成研究生课程时，我已经可以自如地使用网络创建在线课堂。因此，当我的主管要求我帮助制作线上课程的项目材料时，我自信地答复他“没问题！”我很愿意能够尽力投入，帮助大学做更多事情。但是，当我开始工作时，我意识到，依靠我手指的“肌肉记忆”进行键盘敲击可能带来的问题。因为我的电脑操作系统是中文：文档、电子邮件、互联网等等一切都是中文！我的副院长向我介绍了一个电子教室的在线平台，它的界面也是中文的，尽管如此，她还是希望我可以尝试一下。我经常工作到深夜，在晚上10点到凌晨2点之间睡觉。我还在我的桌子上摆放了一个“脏话罐子”，以防当出现问题时我气急败坏地咒骂。对着电脑，我哭过、笑过、对着墙壁尖叫过。我告诉自己，电脑不会打败我，我的头脑会从这种经历中变得坚强并获得成长。当然，同样上涨的，还有我的“脏话罐子”里的“捐款”。到了12月份，我已经设法在在线平台上设置了所有的课程，我的副院长让我示范一下。我笑了起来，我想：“好吧，系统已经全是中文了，我还能给他们示范什么呢？”不过，我还是做了一个简短的演示，说明了我会用系统完成的任务，但是演示没有包括我通常会对外籍教师所做的英文指南。

我学会了更多

在课堂内外，学生们也教会了我很多。在第一个学期里，我感觉我的大脑里有很多东西在时刻运转着。学生们叫我“老师”，但其实，很多时候我觉得我更像是一个学生。我有两百多名学生，我会让他们组成学习小组，共同工作、学习和成长。春天的时候，我会邀请这些小团队来我家一起做饭。我知道许多学生从未做过饭，我自己也不是一个好厨师，并且我不喜欢独自吃饭。因此，每周从周一到周四，每晚都有一个小组会到我家来。他们会以小组活动的方式，制作一张关于他们团队的海报，然后一起准备一顿饭。我唯一的要求是“我们自己做的东西自己吃掉”。每顿饭都是试错的见证，也是一次次由失败变成成功的经历。我们笑了，我还拍摄了团队的照片，学生们都很喜欢并且愿意珍藏这段记忆。我记得一次晚餐“圆桌会议”的讨论问题是“你为什么来这里？”很多学生回答说：“我承认，是因为我的成绩还不足以让我进入一所更好的大学。”但是，他们同时又说：“可是如果我去了另一所大学，我就不会认识你们所有人，也不会把你们当作我的老师”。类似这样的话不止一支队伍曾经说过，他们都深深地感动了我。当我告诉他们我来到这里的原因时，他们对于我会在不了解一个国家或环境的情况下接受一份工作感到很吃惊。但是我告诉他们，没错，看起来我似乎是被“骗”

进了一份工作，但是，我很荣幸能认识他们，和他们一起学习。我从他们那里学到的，比我付出的更多。我从学生那里学到了谦逊。

徒步旅行

适应中国和校园生活对新生和新外教都提出了一些挑战。对我个人而言，我喜欢走出教室外的活动。我最喜欢的活动之一是在当地乡村徒步旅行。我找到了几个能和我一起徒步的外国和本地学生，后来，我又加入了一个由来自三所当地大学的大学生组成的徒步组织，名为“足之光之家”。这个小组会在周末组织去很多非常有趣的地方徒步旅行。这是我最喜欢的休闲方式，因为我能够在课堂外见到学生，并从另一个角度体验到学生的生活。

在一次徒步旅行中，我记得我们经过一片遍布垃圾的地方。稍作休息之后，领队就让我们继续前进。我很伤心地哭了起来，因为那里本来风景优美，但却被垃圾破坏了美感。我暗暗发誓，下次绝对不会走过这里时坐视不管。一个星期后，我们的团队规模更大了，有了 3 位学生领队。当我们又一次在同一地点休息时，我便开始收拾地上的垃圾。一位领队过来跟我说，现在该走了，我告诉她：“我必须做完这一切才能离开。”于是，领队们将成员分组，其中一位领队和一部分学生留下来帮助我一起清理。在我们打扫卫生的时候，一些当地人看到了，有些人就过来帮助我们，他们问我们，为什么要这样做，为什么外国人会想要捡地上的垃圾？我告诉学生，请他们转告当地人，此刻，我不是外国人，而是同住在地球上的同胞。对于我来说，这也是我的地球，是我们的地球，照顾她是我们共同的责任。一小时后，我们收拾完垃圾，最终赶上了其他小组成员。这件事也成为我们徒步旅行团队新篇章的开始，从那时起，他们每次徒步旅行，都会带上垃圾袋和手套，帮助清理沿途的垃圾。这一群来自当地大学的热爱自然的学生，让我看到了中国的真心。我去了长白山，还有吉林省一些乡村和福建省旅游，我还做过一次河水漂流之旅。这些机会虽然向所有学生和老师开放，但每个周末，我发现我都是唯一一位会去的老师。当经历增加，我与这个团队更加相互了解时，我们之间的情感联系也更紧密了，他们称我为“妈妈”。这些贯穿春夏秋冬的周末短途旅行，一直是我在中国最珍惜的时刻。在中国东北地区，走进大自然只是让我心动，而与我的新家庭的相互陪伴更让我感动。

歌唱吧

我教的其中一门课是英语口语（商务）。学生们有课本，但我要求他们不用再把这些书带到课堂上。我们开始用其他的方式上课：唱歌，跳舞，拥抱那些往往让我们感到最不舒服的事情——说英语。我记得在我学习其他语言的时候，唱歌往往很有帮助也很容易，所以我们开始以唱歌来练习说英语。甚至在我设计的口语考试中，学生可以选择演唱《圣诞节的十二天》来参加考试。我相信通过这种方式，不仅我的学生们学到了这些单词，甚至整个学生宿舍五层楼的其他学生也受到了感染。因为有一些同学不是我的学生，也告诉我他们曾听到过歌声！这件事情令我的内心很受触动。我知道，圣诞节不是中国的官方假期，但它是我最喜欢的节日，听到我的学生演唱圣诞颂歌，我觉得这里对我来说更像家乡了。

圣诞节我们放了假，圣诞节前夕，我在家里烤饼干，因为我的家族的传统是把烤好的饼干分发出去，分享喜悦。我一边独自烘烤，一边陷入沉思。在我家里，我不是最擅长烹饪或烘焙的，我的姐姐和妈妈才是这方面的专家。但是，当我的第一炉饼干烤好出炉时，我为自己感到骄傲，因为它们看起来很不错。当我要烤第二炉时，微信弹出了一条消息，时间大概是23:45，快要到圣诞节了。这条消息来自我的二年级学生凯尔，这是一个语音消息。当我开始播放这条消息，我忍不住哭了。因为在消息的另一端，他演唱了《静谧的夜晚》这首圣诞颂歌，他的歌声非常好听，很温柔很甜美，在我远离家乡的此刻，他的歌声格外令我感动。他的声音听起来太美了，我把这条消息播放了一遍又一遍，我的喜悦难以言喻，这是我收到过的最美丽的礼物！自不必说，听着圣诞音乐，我忘了时间，把烤箱里的饼干都烧煳了。都是因为凯尔，但是我却并不责怪他，也并不感到沮丧。我很高兴，我将永远珍惜这段特殊的记忆。

在 2016 年春天，我任教的第一年结束了，我回忆起一年中的一些亮点：比如厕所坏了，我着急地坐在大厅里哭得像个婴儿，格外想家（抵达 2 个月后）；比如我去长白山看到的世界之巅；比如一个大学新生在圣诞节前夕给我用微信语音消息发来一段他唱的让我流泪的圣诞颂歌；比如我用英语与中国同事的孩子玩耍的时光，因为我没有机会和我自己的孙子孙女一起游戏，我总在和他们的相处中感受到了安慰；比如 2016 年母亲节，国际和国内学生在我的公寓里举办了特别的母亲节庆祝活动，给了我一个大大的惊喜；比如我曾在我们的大楼举办的派对，让更多国内和国际学生和老师见面并紧密地联系在一起；比如由一名环境工程师学生和我们的徒步旅行小组一起发起的环保清洁意识运动等等。在第一年里，我见证两百多名学生的转变。那么我在第一年学到了什么呢？我想应该是感谢。随着夏天的结束，我进入在大学任教的第二年。我获得了吉林省“优秀外国专家”奖，这对我来说是一件非常惊喜和荣幸的事。

我在大学最后一个学期的春天时庆祝了我的六十岁生日。因为年龄问题，我不能再留下来了。回顾过去，我意识到了自己巨大的转变。不记得到底是什么时候，我完全释怀了那些曾让我产生挫败感的小事，比如计算机问题、电子资料丢失或在电热炉上烹饪等等。我意识到“这就是中国”这个词对我来说已经有了更深刻的意义。现在，每当我被朋友和家人问到“什么改变了你？”我都会说，是中国，是的，就是中国。（本文作者为吉林财经大学外籍教师）

银川，我的无界之恋

文 / 巴合（吉尔吉斯斯坦）

巴合（Raimbekova Baktygul）（吉尔吉斯斯坦），北方民族大学俄语教师，2010 年毕业于比什凯克人文大学国际关系专业，2011 年获中国政府奖学金留学中国，次年毕业于宁夏大学国际交流学院汉语语言专业。曾为中国驻比什凯克贸易有限公司、吉尔吉斯斯坦国际商务中心、俄罗斯芭蕾舞团、银川市第一人民医院卡瓦心脏中心担任翻译。她热爱并了解中国文化语言，能够用中、俄、英三种语言教学，帮助中国学生从发音开始学习俄语，并讲解俄罗斯传统文化和生活习俗，并能紧紧围绕汉语的语法和发音对来华留学生进行讲解，使学生们迅速进入中国的文化生活语境。

故事要从宁夏博物馆“无界之恋”画展开幕序言说起：

丝绸之路的驼铃声依然回荡在耳畔，留下了许多美丽的传说，西夏尘封的历史早已远去，如今这里演绎着未来的故事……

那一天，我第一次踏上这片土地……

那一天，我再次踏上这片土地，留下来……

那一天，一位美丽的异国姑娘降落到这里……

那一天，是中国的中秋节，也是世界的“国际和平日”……

那一时，神奇的缘分降临了……

那一刻，一对恋人悄然相遇，故事就从这里开始……

闲来无事，看见画室里的空花瓶一直静静地立在阳台上沐浴着阳光，总觉得少了些生机和活力，听说宁夏大学校园里的湖边有许多荷花，我约上一位同事，一起踏着单车，在晚霞来临之际向湖边驶去，一路风和日丽，空气也格外爽朗，天空白云朵朵，无限地变换着形状。转了几圈，我们并未寻觅到一朵荷花，失落中夹杂着些许惆怅，远方的白云已不知不觉披上了一缕紫色的霞衣……

那一瞬，不经意的回眸，一位姑娘静静地坐在湖边的台阶上，有意无意地翻着书……

“请问这周围哪里有荷花？”

“什……么？”

巴合（Raimbekova Baktygul）

“请问这周围哪里有荷花？”

“对不起！我……是……外国人，我……不清楚！”

伴随着梦幻的眼神，语言虽然不流利，但表达很清晰，语气充满温馨与友善……

那一年，故事就这样开始了……

如今花瓶里的野玫瑰还是那一天在我们身旁花坛里采摘的，花已干枯，但记忆永远鲜活，为了记住这美丽的时刻，我们将它喷洒上金色，让青春的记忆伴随着我们直到白发苍苍……

故事继续上演着……

这是我来到中国的第二个星期发生的故事，也是我2015年8月15日在宁夏博物馆举办我们画展的开幕词，我的60幅油画作品围绕三个主题展开（中国西部少数民族人物系列、中国戏曲人物系列、宁夏风景系列），这是我爱上中国爱上这座城市最好的见证，从此我开始真正认识这个国家，认识银川这座美丽的城市，并伴随着这座城市一步步地发展、变化和成长。

2010年8月，我刚来到中国，手里拿着邀请函降落到美丽的宁夏回族自治区银川市，飞机开始降落那一刻心里开始有点小紧张，一个人第一次接触全新的环境，全身绷得紧紧的，感受到新的文化氛围，从前在书本中熟悉的国家，现实中一切都很陌生，我要开始全新的生活与学习，一切都是未知。

那时的我刚刚下飞机就开始胡思乱想：中国人会不会排斥或攻击这个外来的而且不会说汉语的我，如果出现什么矛盾或者文化和交流的误解，应该怎么去处理？心里瞬间无数个如果、未知、怎么办。在这种思考中不知不觉打上出租车，给司机看一下我邀请函里的地址。过了一会儿，司机开始跟我交流，我很尴尬只会说："是，不是，谢谢。"聊天过程中发现司机人很好，就慢慢开始放下心里的紧张，开始欣赏窗外美丽的风景。

车开了二十多分钟，银川的风景越来越美，进城的时候我非常兴奋，建筑楼群，路边上的流动摊贩，还有过马路的人群，对我来说都很新鲜！哇！这就是中国！我真的来了……

银川真是一个美丽的城市，无论现在我去过中国的哪些城市，银川在我心目中是唯一代表中国的最美的地方。如果谁问我中国是什么样的国家，我会给他讲一下银川"塞上江南"这个地方的风光和历史文化的特点。时间长了我发现中国人对每一个外地来的人都非常热情，愿意帮助，很友好。我感受到银川真是一个"冰火两重天"的城市，茫茫戈壁就在城市附近，巍巍贺兰山脉伫立在戈壁之上。秀美的绿色，粗犷豪放的山脉，还有沙漠中的湖水，气质独特，很有魅力。蓝天、白云和空气都很好，周边景物，以及整座城市都是西北大气、辽阔的风格，深深吸引着我。这座城市无论哪里都非常开阔，马路上是八个车道，将来还会有很多十二车道。

秋冬是银川最美的季节，天空的云真是神奇，什么形状都有，晚霞变幻莫测，怪不得有人说银川的来历是很久很久以前天空出现的祥云，我真的相信那不是传说。还有楼里的暖气都热乎乎的，饮食也是大家喜爱的浓油重辣口味，面食米饭都有，人们整体更喜欢面食，肉类以羊肉更为普遍，食物很好吃，小吃一条街还上了中央电视台……

来银川 7 年多了，我见证了她的变化和发展，但我无法想象变化怎么这么快。2013 年习近平主席宣布新的国家战略，银川市立刻开始落实主席的每一句话。这次改革主要为了银川经济发展，覆盖各个领域有效解决农业、医疗等领域的大大小小的民生问题。保持稳步发展，构建世界新的格局，并积极与世界对话，带动周边中亚国家一起同发达国家进行有效交流与合作。

中国提出了几个主要战略理念，也表现出对人民和全世界将来发展的目标，这就是“中国梦”“新常态”“一带一路”与“人类命运共同体”。

中国梦分两个阶段实现，国家必须有充分的自信和勤劳才能达到这些条件。中国逐渐开始实施自己的计划，我相信全世界能证明目前中国的快速发展的成果。

“新常态”是国家对经济发展方向的新概念，中国开始考虑经济质量，完全改变经济发展模式，从“中国制造”到“中国创造”。说起国际平台主要国家战略则是“一带一路”与“人类命运共同体”，把很多国家的发展都连在一起。

“一带一路”倡议意味着中国对外开放实现战略转变。这一构想已经引起了亚洲乃至全世界的高度关注和强烈共鸣。之所以产生了如此巨大的效果，就在于这一宏伟构想有着极其深远的意义。“一带一路”顺应了中亚国家之间的共同利益，中国与其他国家国际经贸合作与经贸机制转型的需要等。

“一带一路”建设为周边国家带来了新的发展机遇：

产业创新带来的机遇。中国的一些优质富余产能将会转移到周

巴合（右二）和学生们在一起

边一些需要发展的国家和地区，为中亚带来新的发展机遇。

金融创新带来的机遇。中国的改革开放储备了充足的资金，会在“一带一路”中发挥最大的整合作用，如亚投行加强了中亚国家之间区域贸易发展模式、区域产业战略选择、区域经济的技术路径、区域间的合作等等。

习近平主席“人类命运共同体”的提出充满智慧，让我想起了1949年中国北京天安门上的那句“世界人民大团结万岁”在今天世界的上空再次响起，让世界开始聚焦中国。

最近的几年，银川市跟随着国家发展的大趋势不断地发展。

近年来中国—阿拉伯国际博览会吸引了世界60多个国家的领导人、企业家和投资者。同时为物流、人流、资金流和文化交流提供了高速发展的机会。银川借这个机会加强旅游业的发展，打造银川在全世界的知名度。让更多的外国人来到银川，爱上这里的美景，喜欢上这座城市。

银川综合保税区是中国目前开放层次最高、优惠政策最多、功能最齐全、手续最简化的特殊开放区域之一。在宁夏设立银川综合保税区，能够进一步完善银川对外开放交流和贸易往来，构筑面向阿拉伯国家和世界穆斯林地区内陆开放型经济新格局，深入拓展与阿拉伯国家全方位经贸合作，提升银川对外开放水平，这对银川乃至宁夏经济社会发展有着深远的意义。

我还去过很多银川的葡萄酒庄园，品尝到了如同法国波尔多生产的红酒，它就产自银川，我向世界的朋友们介绍这里的红酒。银川葡萄酒产业达到了国际先进水平，有很多大大小小的葡萄庄园，通过吸引专业的国际专家来到葡萄庄园不断地优化新技术。目前银川能自信地去展示给全世界，参加国际博览会并经常拿到国际大奖。

银川市的医疗领域也达到了国际水平，目前老百姓都可以去享受国际医疗服务。这几年市医院开办的“卡瓦心脏中心”不断优化医疗服务。我很荣幸在这里工作了一年，深深感受到了医疗领域的发展变化，每年甚至每一个月邀请高端医疗专家进行医疗服务，有来自韩国、俄罗斯、斯洛文尼亚、希腊等多国家的心脏外科、儿科、美容整形等专家，同时邀请国内著名的外科专家来进行手术，并为了学到国际医疗新技术经常举办医疗学术论坛、国际交流会等。

说起环保，银川市积极参加国家各个环保项目，不断地绿化。2017 年银川是全国环境最好的一个城市。全市未发现重大污染与生态破坏事件。交通工具达到了环保化，公交车与 BRT 都进行了改装或环保模式的优化，就是最近的私家车限号也是我第一次经历，这让我的出行有了很多的不方便，但我还是很支持这样的环保意识，毕竟时间不是很长，我也会点赞。

每次来到银川机场和火车站都会感受到这几年的变化真是大，它是整座城市的最大名片。火车站的独特风格与规模完全达到了国际水平，自信地接待各地的旅客。银川国际机场 T3 航站楼的建成使用让我真正感受到大都市的气派。

可以说这几年银川发生了巨大变化，不断地去尝试新鲜事物，各个领域开始走向更加开放的国际模式，充满自信的中国在国际舞台正发挥自己的优势和独特性。国家的改革创造给了新的动力与机遇，让全世界认识了新的更友好的中国！

我在北方民族大学从事俄语等相关教学，大学教育也发生了巨大的变化。北方民族大学这几年开展了许多国际交流与合作项目。增进了彼此的文化认同，汉语热正在席卷全世界，我感到全世界人民正在向中国走来，在大学里我不仅仅教授俄语，我还教授国际教育学院外籍留学生的汉语，以及中国概况，用汉语和俄语双语教学，让外国的留学生快速进入中国的文化语境，帮助他们认识中国，了解中国，爱上中国，爱上汉语，鼓励他们多关注中国主流媒体的时事新闻，不仅学习了汉语，还认识了中国与世界正在发生的变化。在外语学院俄语虽然属于第二外语，但一年比一年多的大学生开始选择俄语作为第二语言。是中俄两国之间的友谊增加了人民的信任度。同时增加了中俄的各个领域的企业合作与文化认同。

地球是人类共同的理想家园，“人类命运共同体”说出了全世界人民共同的心声，祝福中国银川永远和平发展，感谢这伟大的时代，谢谢这神奇的国度……

故事还在继续……

那一天我们的女儿玛妮微笑着降临到我们的怀抱……

“家”，全世界最美的词，在女儿的微笑中化为永恒……

信仰无国界……

文化无国界……

艺术无国界……

爱情亦无国界…

是父母的爱让我们来到这世界……

是彼此的爱温暖着我们的世界……

愿世界友好，亲情永驻……

米福邀你去重庆

文、图 / 米福

米福 （Volker Müller） ，德国籍，1959 年生，电子工程学硕士，专业方向为数字图像处理。1987 年作为研究员进入重庆大学并于次年获得四川省“外国模范专家奖”。2000 年迁居北京并开始进入医疗器械领域。近三年来任职于欧盟商会并为有意进入中国的医疗器械厂商提供相关咨询。将中国文学作品翻译成德文是他最大的爱好。

“这里就是我心归属之地”，这是 30 年前我第一次踏进重庆大学校园时第一个闪过脑海的念头。在德国工作三年后，我决定去中国。那个早晨完美地始于街边摊上一碗辣辣的面条——重庆小面。1987 年，北京的个体餐馆仍很少见，但是在重庆它们已经是街头不可或缺的风景了。重庆大学的校园更是无与伦比的美丽：亚热带植被、盛开的鲜花、上世纪20年代的历史建筑、校园中的湖泊和嘉陵江——重庆两大河流之一的峡谷，我还从未见过这样漂亮的校园。数小时后，当我离开重庆大学时，手里多了一份工作合同。这就是那个上午，那个似乎将改变我一生的上午。

这个默默无闻的巨人

我当年去重庆的时候，我的朋友里没有任何人听说过这座城市。就算如今在课堂上，也只有不到20%的欧洲留学生对重庆有概念。然而有着3020万人口的重庆不仅仅是一座大城市，它还在近代史上扮演了重要的角色。在抗战期间，日本于1938年占领了大半个中国，国民政府被迫将首都迁到了重庆，1939年5月，日本开始定期轰炸重庆城区。截至1945年，重庆一共经历了268次空袭，数万平民死于轰炸。与此同

米福 （Volker Müller）

时，中国则建立了一条穿越从缅甸到重庆之间的崇山峻岭的给养线，以便美国向国民党提供军事援助。当年的重庆挤满了各个党派的谍报人员，旧城里狭窄的小巷和时时弥漫的浓雾成了这一出出在时光里上演的间谍大片的典型恐怖背景。

重庆，不太一样。北京、西安和许多城市都是棋盘形状的，长长的街道像是用尺子画出来的一样。可是在重庆，街道和房屋得顺着这多山的地形来。就算是在从前这里也没多少骑自行车的人。如果要在重庆找路的话，他需要有高超的立体方向感。轻轨一会儿像地铁一样在山腹中的地下运行，一会儿又像高跷一样直插天际。20世纪90年代初，重庆大学旁边曾建了一座职工楼，地基是在校园的下面挨着江的地方，可是大楼的大门是在20楼，由一座行人桥和校区相连。从不让人忧郁，连雾也是温暖的重庆以地狱般火辣的食物、夏季极端的湿热和漂亮时尚的人群著称。在重庆很少能看到太阳，北京的月亮都比重庆的太阳要明亮一些。北京时常是深蓝色的天空，刺眼的阳光，黑暗的阴影。而重庆正好相反，像是用软笔画出来的，几乎没有黑白对比，对于摄影师而言是一大挑战。北京的雾是冰冷的，而重庆的雾则是亲切的、温柔的、浪漫的。重庆是一座快乐的城市。没有任何别的地方的人会如此喜欢打麻将，也没有任何别的地方的人会这么放纵地热闹。根本上，我觉得重庆人特别友好，带着一点健康的本地主义。如果在异乡遇见重庆来的人，人们马上就能和他们打成一片。

在重庆生活明显要比在上海、深圳或者其他沿海城市轻松许多。但是重庆人很机灵，很会做生意，这也肯定是重庆在过去几年中取得大幅经济增长的主要原因之一。

1997年，重庆获得直辖市的身份，类似于德国柏林这样的城市联邦州的地位。川东大块区域被并入重庆，人口也随之翻倍。之后便开始了重庆的经济奇迹。从1997年到2015年的18年间，重庆的国民总收入增长了10倍之多。

然而重庆的3020万人口中有将近一半迄今还在从事农业，人均生产总值低于全国平均水平10%，更是只有瑞士的大约十分之一。重庆市区的高楼大厦和奢侈品商店所组成的风景，容易使人忘记中国仍然是一个发展中国家。在重庆南部和东部的偏远山村里仍然充斥着令人心酸的贫困。在这些地方生活着的大部分人是重庆的两大少数民族：约100万土家族和50万苗族。

这是一家大火锅店

在城市边缘的村庄，明显可见农村抛荒的现象。壮年劳动力都流向了城市，农村只剩老人和儿童。不过重庆的边远郊区仍有巨大的未开发的潜力，尤其是旅游业和面向急剧增长的老年人口的养老场所。仅50公里之隔，重庆的郊区就比城区的湿热要令人舒服得多。郊区开发的一个成功的例子是位于綦江的艺术村古剑山，从城区开车过去仅一个小时的路程。綦江区政府免费提供土地给艺术家们使用，许多画家、雕塑家和作家都在这里建立了工作室。这个山谷风景优美，安静宜人，是进行创造性工作的理想环境。这些新居民对于健康饮食的较高要求给当地农民创造了一个新的市场，促进了生态农业的发展。

30年前重庆还没有任何一家外企。国庆的时候，重庆市市长邀请在重庆工作的外国人和港澳台同胞参加招待会，大约有七八十人，其中只有不到10个欧洲人，而重庆人口当时就有1500万。如今，

重庆的雾是亲切的、温柔的、浪漫的，从不让人忧郁

重庆已有10个国家的总领事馆，包括意大利和英国，并且与23座境外城市结成了姊妹城市，其中有一座极其活跃的城市——杜塞尔多夫。从重庆到多个重要的欧洲都市都有直飞的航班。一列货运班列定期从重庆开往德国杜伊斯堡，经过中国西部和俄罗斯，把电子产品运送到中欧。

30年前在重庆城区没有任何高层建筑，中心广场的解放碑是当时最高的建筑，然而今天解放碑已消失在一片摩天大楼的海洋之中。

在过去数年中重庆也摧毁了许多本来值得保留的建筑物。但是尽管如此，几乎没有别的城市像重庆那样完好地保留了它传统的生活方式和生活乐趣。不管是多深的夜晚，只要人们搬出桌子，这时的重庆立即就化身成一家巨大的火锅店。

每年到重庆来一次或几次，对于我而言成了一件必要的事情。那么你呢？你什么时候来重庆？

中国，我不见外

文 / 潘维廉　译 / 刘畅

1988 年，我举家搬到厦门。那时候我们从来没想到，中国的变化将如此之大，我们的生活也会随之改变。即使最近为了实现长期可持续发展，中国经济速度放缓，步入新常态，中国的改变依然更加广泛、更加精细。这为中外人民创造了前所未有的机遇，让我萌生了推迟几年，甚至几十年再退休的想法。

2012 年，我的书《老厦门——现代中国商业与工商管理教育的摇篮》由厦门大学出版社出版。我写这本书是为了说明：如果你真的了解中国的历史和文化，中国的巨大进步便不足为奇了。习近平总书记还是福建省省长的时候，我有幸见到他，他鼓励我要多多了解中国的历史。2001 年的一次晚宴上，他曾说："你写的是厦门，你的第二故乡。你也应该写写泉州（古代海上丝绸之路的起点），它是你的第三故乡。"

2012年，我还帮一个曾经获奖的电影团队来福建为美国《国家地理》杂志拍摄关于郑成功的纪录片。我加入这个团队之前，虽然郑成功平生大部分时间在大陆生活，但这个团队只打算在日本和中国台湾省，也就是他的出生地和逝世地取景。这让我意识到，尽管中国很了解世界，世界还不了解中国。

2013年，我帮助厦门举办国际花园城市大赛，该赛事也被称为“宜居社区界的奥斯卡奖”。2002年厦门夺得国际花园城市大赛的金奖，我也帮助13个中国城市获得16金。2009年起，我成为国际花园城市大赛志愿活动协调员。2013年，我便辞去这一职位，专心

潘维廉在讲授 MBA 课程

教书和写作。此时恰逢其时。

2013 年，我很荣幸应厦门市政府的邀请写一本有关于海沧区的书，名为《我爱海沧——七个理由》。这本书让我认识到，我对福建知之甚少，更不要说是整个中国了。

同年，我在老鼓浪屿照片博物馆担任顾问，助力鼓浪屿申报联合国 UNESCO 遗产保护地区，2017 年鼓浪屿申遗成功。

很多中国人，特别是年轻人，都没有充分意识到中国丰富的文化遗产和惊人的变化。2013 年，我开始参与创作和主持一些有关于中国历史、文化、旅游、食物的电视节目。我一共参与了 362 期中文节目，其中学到的中文比我过去 25 年学到的还多。

2013 年的大事之一，也包括我的小儿子 Matt 在美国与 Jessica 完婚（2015 年我荣升为爷爷）。我们也非常期待我们的儿子 Shannon 和他的厦门妻子 Miki 的儿子快快出生。

2014 年，在国家外国专家局成立 60 周年之际，我入选了“十大功勋外教”，我备觉感动。我听到其他九位获奖者的事迹之后，深觉自己还不够格。但是我知道，新的机会就在我的面前。

2015 年，我非常荣幸地成为厦门大学管理学院 MBA 中心“2014 先进工作者”，也成为厦门大学 One MBA 项目的教务主任。One MBA 是一个联合项目，由 5 个国家的 5 所学校共同组成。我们有 100 名来自 30 多个国家的学生，他们住在世界上 7 个国家（中国、印度、巴西、墨西哥、荷兰、波兰和美国）。运行这个项目不那么容易，2014 年是人数最少的一年，2017 年学生人数达到新高！

我是管理学教授，知道厦门需要战略营销。所以 2016 年，当我听说厦门航空推出直飞美国的航班时，我给他们想了新的宣传口号“厦门航空带你大开眼界（New Horizons With Xiamen Airlines）”。2017 年，厦门市也采用了我设计的旅游宣传口号“享受厦门！（Enjoy Amoy!）”（Amoy 是 17 世纪以来外国人对厦门的称呼）。

最让我兴奋的项目是我的新书《我不见外》。1988 年以来，我一直坚持写信帮助朋友们和家人了解中国的生活。虽然我自己没有留下这些信的复印件，但我的朋友们保留了数百封信，他们甚至保

2012 年本文作者（左）在阿联酋

留了信封。北京外文出版社将出版这本书的中英文版。我希望这本书能帮助中外人民感受中国过去三十年间的巨大变化。

在《我不见外》中，我也写了一些了不起的人的故事。比如有一位，她从农场少女而后成为教授的女佣，再到现在创办国际学校、生物科技公司，成为为贫困儿童建学校的富翁。她的故事，和其他无数像她的人一样，证明中国的成功不仅仅在于富有远见的领导人自上而下制定的政策，也在于自下而上群众不屈不挠的积极进取、几千年来的“前人栽树，后人乘凉”。

1919 年 Mary Ninde Gamewell 写道，“中国不似古埃及，国家犹存但风采已逝。中国举足轻重，她发展的潜力就在眼前。一种鲜活的生命力正贯穿着整个国家的血脉”。

如今 Gamewell 的预言和百年之前一样准确！ 2018 年是中国改革开放 40 周年，我很幸运能亲眼见证了其中的 30 年，我也希望能见证未来 30 年的发展——我 100 岁的时候，厦门大学都还没有解雇我！

一个伊拉克家庭在华 20 年

文 / 阿巴斯 · 贾瓦德 · 卡迪米

2018 年是伊拉克和中国正式建交 60 周年，幸运的是，这一年也是我和家人在中国首都北京工作、生活的 20 周年。

我依然记得 1998 年的那个夏日，我在那天下午抵达北京。刚走进接机大厅，我立刻就见到了迎接我的新华社的新同事们。路途遥远，当时我们又对中国一无所知，于是我决定先独自来中国熟悉情况，而没让家人随我同来，我担心自己都没法适应这个极遥远的国度。中国人很慷慨地接待了我，让我在漫长的旅途之后先休息三天。我在公寓度过了这几天，其间还在住所周围散步，熟悉环境。公寓在友谊宾馆附属的一栋楼中，这是一家很大的宾馆，而这栋楼是专为来华工作的外国专家准备的。这里聚集了来自世界各国的人们，因此被我们称作“小联合国”。而“外国专家”则是中国人对来华在新闻、学术等领域工作的外国人的称呼。友谊宾馆位于一个充满活力的地区，这里有好几所著名的大学，到处是商店和人，这意味着生活很便利。北京像一个蜂巢，所有人都在忙碌着，放眼望去到处是工地上的塔吊。早高峰时，人潮四处涌动，人们坐着公交车、地铁，或是骑着自行车出行，主要路口十分拥堵，这样的场面在傍晚下班时还会重复一次。夜里，街上的人变得少了，但北京城从来不会沉睡！

一开始，一个伊拉克家庭对新的地方难免有些忧虑和疑惧。忧虑的是如何适应整体的环境、适应住所，然后是寻找清真食品，还有为子女找学校。好在这样的忧虑随着时间消除了，因为我们发现中国人在本质上和我们没有很大的不同，其中也有很多的穆斯林，中国人总体上是较为传统的东方人，过着和平、稳定的生活，市场里有着人们生活所需要的各种货物，包括清真食品和肉类，同时他们还很乐意为来华工作的外国人提供帮助和支持。得益于日复一日勤勉、活跃、充满活力的劳动，这里的日子充满了生活的喜悦，也过得很快，甚至可以说是世界上最快的。当然，在新的环境中我们还是没有忘记祖国伊拉克的艰难局势以及祖国的亲朋好友的艰苦生活，但中国人对伊拉克人的友好帮助我们忍耐着对祖国的牵挂。只要我们说自己来自伊拉克，中国人就会真诚地竖起大拇指表示赞赏和支持，对当时国际社会制裁伊拉克的做法表示反对。20 世纪 50 年代中国人中间有过一件美谈，50 年代末中国遭遇严重的饥荒，当时中国在世界上的朋友们都尽可能提供了帮助，其中就有伊拉克。

伊拉克领袖阿卜杜勒·卡里姆·卡塞姆（1914—1963）对中国提供了援助，他派出了两艘满载椰枣的船，这些枣的香甜让中国人难忘。中国人还认为伊拉克国家足球队是亚洲最好的队伍，他们会做出比较，一面是重重封锁之下的伊拉克球员，虽然可能连像样的球场都没有，但他们还是有明显进步；另一面是某些国家的球员，他们有优渥的条件，却比不上伊拉克队。

在工作和家庭生活中，在中国的活跃发展中，我们一直在关注并记录着这个国家发生的大事。我们的北京生活中最闪亮的一点，就是我们一家所生活的地方与子女成长的天然对接。我们的孩子们与他人一起，在这座搏动着生命力，向所有人张开双臂的城市里学习、进步。我 9 岁的女儿和 8 岁的儿子要坐公交车到大约 20 公里外的学校上学，我们的心总是随着他们往返，怕他们赶上拥堵或是迷路！但是人们对这两个外国小孩儿格外照顾，在拥挤的公交车里总会给他们让出座位。我们付出了最大的努力来帮助他们学习阿拉伯语还有锻炼英语水平，同时学习中文也是必需的，我们完全知道中文有多么重要。当然，我们也没有忘记让我们的三个孩子在成长中一边留住我们的宗教习俗和语言，一边在生活和学习中与时俱进、与“地”俱进（此处的地就是指北京，它就是个永不停歇的工作间）。怀着人类普遍的对家庭的关心，我们关注着孩子们在人生道路上的成长，因为关注，这一切我们清晰地记录了下来。

在中国生活的 20 年间，我们目睹了一段充满了发展的历程，清晰地看到了这里人们生活中的巨大、快速的变化，这变化从建筑到科技，又从收入增加到住宅和新型汽车，发展清晰地显露在人们的脸上。2008 年北京奥运会是我们看过的最精彩的体育赛事之一，而比赛中伊拉克、阿拉伯运动员的参与则更让我们高兴。

我的家庭很贴近中国人，我们知道中国人对伊拉克人民、文化的尊重和喜爱，我们有着良好关系的坚实基础。在伊中建交 60 周年之际，我们希望两国关系继续加强、发展、深化，从而实现两国人民的利益。

中国过往 40 载之我见

文 / 张科德　译 / 郑映梅　刘玥

毫无疑问，中国在过去的 40 年里经历了前所未有的成长和发展，但在我看来，这种说法仍对中国有些低估。就中国发展的规模与速度而言，用“前所未有”形容固然无误，但远不如“超乎想象”更为贴切。仅凭现代化基础设施建设，便足以证明其物质社会实力的快速攀升。

中国社会经济实力强劲的发展势头还可以从以下数据得到印证：根据世界银行的数据，1978 年中国人均 GDP 刚达到 156 美元，而到了 2016 年就已经达到了 8123 美元，较之前增加了 50 多倍。实际上，这也意味着 2016 年全国农村贫困人口减少了 1240 万人。政府将持续着力，确保到 2017 年再脱贫 1000 万人以上，力争到 2020 年全面消除贫困，这对人们的生活将产生巨大的影响。

不管是对国家的发展，还是对个人的进步，科技作为助推器，对中国的发展无疑都起着举足轻重的作用。从国家层面来看，高速铁路网不断扩张，居民住宿设施以及机场不断增建；从个人层面来看，生活中的一切都能在网上进行。根据《中国日报》报道的一份由中国电子商务研究中心发布的报告显示，2016 年中国的网上零售交易额高达 5.3 万亿元（合 7700 亿美元），同比增长 39.1%，创下了历史新高。中国由此成为全球最大的网络零售市场。

旅游业，一个我长期关注的领域，也向我们展示了中国社会经济的健康发展，以及中国大陆游客对世界和周边文化日益浓厚的兴

约翰·科尔多斯基（中文名：张科德，1953 年出生），澳大利亚籍，中国四川乐山师范学院旅游学院教授，之前曾在泰国国立法政大学创新学院任职。在进入学术界之前，张科德是亚太旅游协会（PATA）的副首席执行官，在那里的 15 年，他一直是旅游行业的前沿分析师。至今，他仍然是亚太旅游协会（PATA）首席执行官特别顾问。

趣。自 2012 年以来，按照国际旅游消费指数，中国大陆居民的国际旅游开支高居世界出境旅客支出首位。

2016 年，中国旅客对世界旅游业的贡献率逾 2600 亿美元，是第二大活跃出境市场（美国）的两倍多，而 20 世纪末（2000 年）却仅 131 亿美元。另外，国内旅游业从 20 世纪 80 年代中期的 2 亿人次猛增到 2017 年的 48.8 亿人次。这些统计数据让我们看到当今中国人口的流动性之高和经济实力之强。

伴随着硬件设施的发展，人们的心理也有了相应积极的发展，这在今天的年轻人中显得尤为明显。他们强大自信，拥有超乎寻常的好奇天性；他们热情似火，可以融化寒冬里的坚冰厚雪。尊重是条双行道，只要你愿意花时间去赢得他们的信任和尊重，同时给予他们同样的信任与尊重，你将收获一份如同他们一样强大且永恒的友谊。

游历中国

从观看丝绸之路论坛上投射在原始又静谧的长城上的国家艺术激光灯表演，到欣赏 100 名厨师完美地将面团舞成 100 份面条，多次访问中国的经历给我留下了很多美好回忆。我初次漫步戈壁沙漠也是在中国，骑着骆驼，摇曳在沙漠海洋中，穿过甘肃的沙丘去观看令人震撼的日出。如今我定居中国多年，却从未感到孤单。

我曾在北方一些小岛上评估其旅游发展潜力，甚至用当地的蝎子来烹饪。很多当地人没见过西方人，在他们看来，我像是一个四肢长着白色毛发的外星人。许多看到我和我同事的当地人会走到我们身边，抚摸、拉扯我们胳膊上的汗毛，天真无邪地咯咯笑。

我们引来了一大群人，其中主要是一些学龄儿童。他们一路跟随我们，甚至跟进到街上的各种商店里去。当我们走到路边摊买来小吃尝一尝的时候，他们面露讶色。就这样，我们还与许多人留了合影。

蝎子“事件”特别有趣。当得知一群外国人正在当地一家餐馆里品尝地道佳肴的时候，几乎所有的用餐者以及餐厅的员工和厨师都挤进了我们的包间看热闹、拍照。我只能说“大家都过得很愉快”。虽然像这样的事本身就会惹人兴致，但是我们沿途遇到的并与之交谈的人使我的这段回忆更加刻骨铭心。

无论考究与否，人们都有一个共同的特点。我们遇到的每一个人见到我们都很欣喜，交谈时既体贴又礼貌。从年长者到年幼者，很多人都会大方地靠近我们，用他们仅知道的几个单词与我们交流，比如“你好”和“我很好，谢谢你”。大家对我们都很感兴趣，也很好奇我们在他们的国家做些什么。近些年来，英语和其他一些语言一样，已经被更广泛应用和理解。

当时我们没有人会说中文，他们中（除了翻译）也没有人能用英语交谈，点餐成了笑声不断、无比享受的过程。无数手指一边指着菜单上的图片一边指着邻桌点的菜，直到最后大功告成。这绝对堪称国际化的猜字谜游戏啊！

趣闻以外亦有感伤。2008年的“5·12”汶川大地震给四川以及当地人带来了毁灭性的破坏与抹不平的伤痛。我无心痛斥那次地震的残酷无情，只想讴歌那些地震受害者坚韧不拔、迅速复苏的精神。去参观汶川遗址，看到那些为纪念在地震中死去的人而建立的纪念博物馆，定使人心如刀绞。好在地震中被摧毁的那些城镇和道路很快就重现活力，当地的居民也恢复了生机。如今，他们和地球上任何其他地方的人们一样，热情洋溢，充满希望。

在过去的20年里，每一年我都会访问中国数次，老实说，我虽然熟悉很多地域、少数民族和当地居民，但我仍不能说我了解这个国家以及这个国家的人民，我每一天都在继续探索这个国度。对于那些已经和即将参观北京、上海或去四川看大熊猫，认为这样就相当于游览了整个中国的外国旅客来说，我为他们的管中窥豹而感到痛心。不管在大城市，还是在偏远农村，与当地人交流，品尝他们的食物，领略他们的文化，才能带来淳朴却意义非凡的乐趣。

每样东西都会给那些分享经历或沉浸其中的人带来极大的乐趣。比如食物，它不仅仅是菜品，在有新结识朋友和同事的宴席上，敢于冒险的精神和欢宴才是更重要的体验。我曾经经历过多次厨师们热切地向我解释一些菜品的起源与演变，并且与我一同沉浸在享受中国美食的欢乐气氛中。

从杭州西湖的大闸蟹、大连的海参到著名的四川火锅，每道菜都挑战着味蕾，极具特色。同桌的同伴、厨师介绍的有关菜品起源和创新的细节，这些都让用餐变得更加愉快。此外，中国人对自己的文化以及随其演变的食物的津津乐道，使我们的用餐变得丰富多彩。

发现乐山

我虽然看到了很多，也经历了很多，但直到今天我仍没有停止了解中国的脚步。目前我就职于四川省乐山师范学院（LSNU），乐山是四川省一座很漂亮的城市。在这里，我很幸运能够从师院的学生和教职员工及当地人那里对乐山及其文化有更深入的了解。

虽然之前我曾去过成都多次，但我对距离成都仅 2 个小时车程的乐山及周边全然不知。被联合国教科文组织列为世界遗产的大佛，大佛脚下的三江汇流，峨眉山的奇峰等，这些对我来说都很陌生。

这些景点风景优美如画，历史底蕴厚重。但在我看来，这里的人们吸引着外地人到这里安居乐业，正是他们使乐山成为一座具有吸引力的城市。这里的少数民族、山民、渔民和市民都有自己的精彩故事。他们为自己的传承感到自豪，并且渴望也愿意向任何给予他们时间和机会的人们讲述。他们溢于言表的开放心态值得你我去感受。

一看见乐山，我就立刻决意要深入地去了解这座城市的历史、文化及其周边一切：去看19世纪最深的盐井，去参观传统的手工酱油酿造作坊，去感受散发着自然活力的当地人的劳作与态度。

清新的空气，新鲜的食物，与当地居民的交流，虽然交流通常借助电子翻译，但是这些使我在这里度过的每一天都充斥着鲜活与新奇。在当地工作、购物、用餐、交谈，我和妻子总能捕捉到新鲜感。

显而易见，当地人的交流方式和文化都给我留下了深深的烙印，这也是我亲眼见证的过去40年内发生的最显著变化。这种变化仍然在持续。

目前，就拿乐山师范学院的学生来说，他们勤奋学习并非仅仅是为了获得学士学位，而是真正想掌握并且运用所学到的知识。出于纯粹的求知欲，而并非鲁莽的挑衅，这些学生催我多教多授，而我也愿意传授给他们一些有所裨益的知识。

乐山师范学院的课程设置也是别具一格，学校将培养学生软硬技能的课程巧妙融合在一起，就比如他们把舞蹈、音乐和话剧看得与经济管理专业同等重要。我不得不说这样的方式令人耳目一新，而且必定会培养出一支能力均衡、适应市场需求的人才队伍。

另外，尤其有意思的是这里的师生都乐于尝试一切新的事物。失败并不会击垮他们，反而一次次的唱歌、跳舞、演出、学习，让他们愈挫愈勇。

教职工也一样。我和我的妻子刚到这里时，遇到了热情、慷慨又善良的教职工，这让我们有点儿受宠若惊。我们对此心怀感激，希望有一天能够回报他们的这份温暖。这些年来，我还注意到一个现象：这里的教师才华横溢，并不像很多其他学校的教职工那样仅仅执着于某些领域。他们十分擅长沟通和讨论，在不同层次上和不同课题上都有相当不错的造诣，对国际事务的了解和兴趣也在不断更新。

说到能力的广泛性，就在最近，学校的每一个二级学院都为年终晚会准备自己的表演。节目形式有唱歌、舞蹈、音乐、诗歌，还有讲述中国文化中茶的重要性的独白。教职员工、管理者与学生们的表演让我惊叹不已。以前，我一直坚信科学和艺术是分开的，我认为他们“永远不会相遇”。但是这些表演彻底改变了我的看法！

反观我以前的观点，使这一切成为可能的原因在于中国精神的诞生与传承，人民本身就是一种不可忽视的力量。兢兢业业、自信开放的新思想、新思维和新概念，是今天中国人的典型特点，更是数千年来薪火相传的命脉。

从造纸术到白手起家的概念，到独轮车，甚至到如今被誉为“丝绸之路”的海上和陆上贸易路线，古代中国人向世界输出了太多太多。今天的中国人民依然拥有相同的理念和创新的实践精神，我们需要做的就是睁开眼睛，体会每一个人得到了什么；同时，还要像中国人一样，活在当下，享受过往。

如世界上许多其他文化一样，今天的中国人愿意提供宾至如归的服务。需要强调的是，请勿把服务和仆从混为一谈，仆从是不会被任何文化所接纳、所包容的。人人平等，这是思维方式上最重要的变化，也是过去 40 年来的一个重大变化。

中国乡村教学记

文 / 康拉德·凯利（美）　译 / 张佳艺

康拉德·凯利在中国浙江省泰顺县第二实验小学任教，安生教育 AYC 项目 2017-2018 年度教育大师。

浙江省泰顺县地处偏僻，沿温州西南方向驾驶 3 个小时方可进入其所在的山区。从内陆苍南县的沿海地带到泰顺县的主要乡镇罗阳，不胜枚举的隧道与蜿蜒曲折的小路无惧高峻地带，在此肆意穿行。

这里的生活节奏远比中国新兴大城市要慢得多。许多人在村里从事农业或是近年来颇为吸睛的生态旅游业。“中国大使年”是安生教育文化交流与教学项目，旨在将国外英语教师引进中国一些外国人稀少的农村。机缘巧合下，我跟随这个项目来到泰顺县。正是这里让我决心拨开迷雾，重新审视过往与今朝。智能手机为农民所常用，豪华轿车就停在传统农家院旁。日新月异的发展有如从路边裂缝中伸展而出的蒲公英，竭力发芽，努力生长。在新兴中产阶级身上，既有古老而传统的美德，也有富足的物质条件和远大的抱负。虽然地处偏远，乡村气息浓厚，但泰顺县正稳步完善自身，筹备复制全国各地类似的发展结构，如由罗马柱子、欧式外墙、平板电视和大容冰箱搭配而成的公寓大楼，如流行音乐在大街小巷的泡茶店放声。

在泰顺县的十个月，我只在徒步旅行时偶遇到两个外国人。那里大多数人都是当地人或来自福建的餐馆老板。无论是学校附近的菜市场还是家族餐馆，与我交谈的人几乎都讲中文。尽管有语言壁垒、文化差异与地域偏远等困难，但与三年级的教学任务相比，不

本文作者康拉德·凯利

过是小巫见大巫。在我刚任教的前两周，除我以外尚且配备一位当地英语老师，以帮助孩子们过渡到新的学习环境。第三周，虽然她认为我可以独自应付三年级的课程了，但我很快发现一连串的行为问题袭面而来。课堂上，学生们叽叽喳喳不断，纸条、玩具和种种物件在教室里飞来飞去，有的男生还会突然站起来大笑大叫，分散全班对老师的注意力。喧喧嚷嚷大有野火燎原之势。更糟糕的是，当时我的汉语水平和教学水平不高，我很难劝诫学生终止乱象。和我想象中相比，把学生注意力重新聚焦到讲台上可谓异常艰难。

第一学期，我在挣扎中前行。如同试水一般，我不知道自己的课程是否达标又或是否偏离。我的课程不似预想般多样化或条理化，我所教的三年级学生也索然无趣，心不在焉。深知教书不易，但我

作者康拉德·凯利（左二）和 AYC2017-2018 年温州地区所有外籍使者一起参加温州教育局举办的送教下乡活动

却未料有大把时光与情感都会随之消逝。课程进展缓慢，时间却在从课堂内容转向课堂管理中消耗殆尽了。在充满挑战的第一学期结束后的那个春节月，我开始反思教学。每当我休息时，一种强烈的想法都会涌上心头：摸索一套全新方法，自如应对可期未来。

接下来的一学期，我的确有所改进：走出课堂局限性，感受真切成就感，感受到学生的参与度有所增强。我的第二学期课表有了些许变化，校方问我是否愿意每周给四、五、六年级上一节英语会话课。而在那之前，我一直在教三个三年级班，周周如此。新课表虽然插入更多课程，但课程频率有所降低。这让我有充足时间提前备课并测评效用。样本量增加，同一堂课便可以反复教授，学生的接受程度也由此得到检验。与第一学期以教科书为纲的教学不同，学生每天都有作业，所有材料与课程都必须从头构建。这样的方式虽然耗费更多时间，但却赢得更好的教学效果。那年春天晚些时候，我有幸在仅有40个孩子的小学上公开课。我花了一个多月时间备课，其间换过三次课程主题，后来我觉得仍有很多地方值得修补完善，尽管如此，观察员老师们仍祝贺我可以出色完成。最终，看到改进版教案试水成功后，我的教学信心大增。

无论是课程还是学生，抑或是发展机会，都自成一派，各有千秋。例如，五年级某班成员很喜欢小组作业和小品表演，擅长小组合作，携手共进、不懈参与、互相成就。反观另外一个班却对此不感兴趣。

后来我从另一位老师那里得知，该班英语成绩垫底，学生们都缺乏信心。那个学期，我总是试图统一两班的教学计划，但收效甚微。沮丧、困惑，我对现状的改进束手无策。最后几周，期末考试与暑假迫近，我增加了一些个性化十足的作业，以求使学生将时间投放到语法、词汇与翻译中去。很快，我便注意到因这类活动与学生水平更为接近，学生对此表示更容易接受。那些善于分析、寡言少语的学生也喜欢这类活动。令我欣慰的是，为了更好地解决问题，这些学生齐心协力，合作学习。在第二学期，我意识到作为一名教师，教学活动的选择务必要基于学生兴趣，做到因材施教。

2017 年 10 月 13 日，作者康拉德・凯利（后排右六）和 AYC2017-2018 年温州地区所有外籍使者一起参加瓯北小学新生入队仪式

打开教学之门的另一把密钥是处事沉着。有时我也会犯错误，时而过于严厉，时而放任自流。作为老师，我在学生面前会有些失衡。从某一天开始，我发现自己倾向于尽量抑制随时可能迸发的吵闹与粗暴，但我却错在将这种抑制转化为沮丧并表达出来，这也是让我深感懊悔的。责骂学生往往会使结果适得其反，甚至会在课堂上煽动引发更多不良行为的火苗。有一次，我和一位老师讨论教学问题，她提醒我就算有时上课会倍感压力，也要牢记教师切不可对学生发脾气。找两个“托儿”，请他们在课堂上随时附和，以建设性方式给予他们正能量（如表演小品或阅读对话），让他们带头做课堂游戏，这些都不失为好办法。根据学生个性，找到合适的表达方式，一个活跃和谐的课堂便会跃然眼前；理解学生的思与行，尊重学生的创造力，而非限制其体内燃烧的年轻活力，教学成果便会颇有成效。

同学生建立好融洽关系，你会发现他们早已熟知要如何进行自我调节。在意课堂的学生们，会站出来劝诫干扰制造者安静下来。作为一名教师，要知道学生性格各异，班级和而不同。教师是一种富有创造力、交流性和回应度的职业，请打好有准备之仗，更好地融入这个角色。

西安课堂架起东西方的桥梁

文 / 柯如龙

柯如龙（Chris Clark），于2002年加入Visa（维萨）公司，时任Visa亚太区总裁。在担任亚太区总裁一职之前，他任北亚及澳新南太平洋地区区域总经理。其间成功推动了Visa亚太区最成熟市场的业务增长，并妥善应对各种挑战。在加盟Visa前，柯如龙曾在澳大利亚国民银行工作了14年，其中包括在中国台湾和泰国分公司担任高级管理职务。柯如龙能够说流利的中文，拥有澳大利亚墨尔本大学商业学士学位，并参加过法国INSEAD工商管理学院和斯坦福大学的高级经理人培训课程。

作为 Visa 亚太区总裁，我经常想：我们该如何做，才能建设一个更加紧密连接、更加团结的世界？虽然技术是至关重要的，但我认为，全球化的视野、知识的分享以及不同文化之间的相互尊重与了解也同样很重要。

我成长于澳大利亚，但我的海外求学经历，特别是在中国的教学经历，深刻影响且塑造了我的人生观和视野。当 2019 年翻开新的一页时，我们迎来了 Visa 与中国国家外国专家局（SAFEA）合作的第一个十年纪念。这促使我思考一个问题：人文交流在促进中国与世界的共同进步与发展的过程中，发挥着极其重要的作用。

在西安当老师的澳大利亚小伙儿

关于文化交流，或许有一点是可以确定的：它能教会你很多东西，尤其是丰富你对世界的了解与认知。

在这方面，我年轻时在西安外国语学院教授英语的经历给我留下了不可磨灭的印象，影响了我的人生观和我的职业生涯。

对我而言，最大的两点收获是：第一，三人行，必有我师；第二，培养良好的关系不仅对社会的进步和人们的幸福至关重要，对深化合作伙伴关系同样起着关键作用。

下面，我想分享一下我的工作经历。我的职业生涯始于 1985 年，当时我21岁，像大多数刚毕业的年轻人一样，我也在决定人生的下一步应该怎么走。还记得当时我住在澳大利亚墨尔本。离开学校之后的那个夏天，墨尔本的天气尤其炎热。我追忆和回味着西安的冬天。一年前，我在西安外国语学院参加了为期三个月的交流项目。

一个清晨，我收到了来自西安外国语学院的一封电报，它决定了我的人生轨迹。当时的那种惊喜我至今记忆犹新，因为在我提交了应聘该校外籍教师的申请后，学院几乎没有什么回应。电报上只有寥寥的几个字："希望您能于1986年2月下旬前来报到"。今天我依然保存着这封电报。

事情就这样愉快地确定了。短短几个星期，我收拾行李，向家人和朋友道别，毅然登上飞机。1986年2月那个寒风凛冽的冬日，

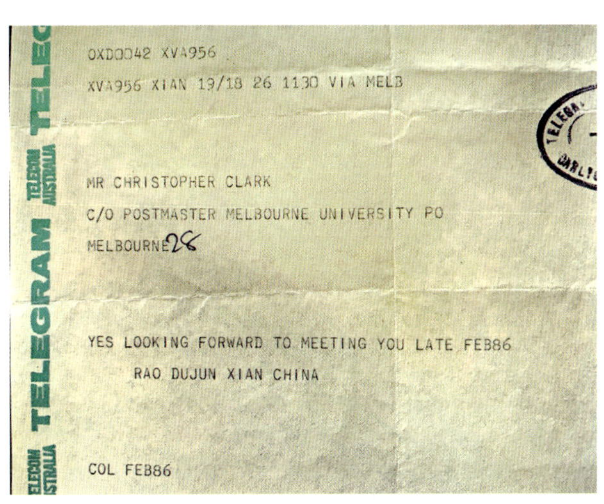
OXD0042 XVA956
XVA956 XIAN 19/18 26 1130 VIA MELB

MR CHRISTOPHER CLARK
C/O POSTMASTER MELBOURNE UNIVERSITY PO
MELBOURNE 26

YES LOOKING FORWARD TO MEETING YOU LATE FEB86
RAO DUJUN XIAN CHINA

COL FEB86

作者收藏的西安外国语学院回复的电报

我抵达了西安。或许，当时那种胆怯的感觉和畏缩的心情超出了我愿意承认的程度。虽然我青少年时期曾在中国台湾留过学，也曾在1985 年的冬天在西安学习过一小段时间，但这是我第一次真正意义地在与我成长的墨尔本全然不同的地方独自生活。虽然我非常想家，但我人生最精彩的冒险旅程也就此开始了。

当时，中国正迈开改革开放的第一步，西安这座古城也只是在两年前才向外国游客开放。作为西安外国语学院培训部的一名外籍教师，我的任务是向硕士研究生教授口语。

这是一个有趣的工作，它真的帮助我变得更加成熟，并让我对人生有了非常不一样的看法。当时我才 20 岁出头，却要教授一群全都是 30 多岁（有些甚至 50 多岁了）的学生。给这样的一群“学生”上课，还是让我有点胆怯的。事实上，他们都是来自全国各地的，被所在的工作单位遴选出来，参加出国学习研究生课的短训班，他们中有很多人是背井离乡来西安外国语学院学习的。

英语课暂且不谈，在我追忆在西安的时光时，我觉得我的学生教给我的东西远远比我教给他们的东西多得多。对我的大部分学生来说，这个项目让他们第一次有机会体会家乡之外的生活，他们中很多人之前还没出过省。他们的热情极具感染性，同学们为即将参加的海外课程做准备时的勤奋和那份投入深深地触动了我。

今天，当我回过头去看我当时培训过的学员时，我倍感自豪。

对他们中的很多人而言，学习这些课程可不是件容易事。他们经过寒窗苦读回到中国时已是满腹经纶，而且积累了丰富的经验，他们将这些知识和经验应用到工作和生活中，为打造今日之中国作出了贡献。

在课堂之外，我尽可能多地与当地人、外籍教师和学生做朋友，这很快帮助我克服了思乡之情。

西安外国语学院有将近20位外籍教师，就跟联合国差不多，有教授俄语的俄罗斯人，教授日语的日本人，教授德语的德国人，教授法语的法国人，当然还有来自英国、美国、澳大利亚（像我这样）和新西兰的教授英语的教师。时至今日，我们依然还是亲密的朋友。

当然，我的主要目标之一是提高我的普通话水平，因此我充分

作者（中）给西安外国语学院的学生上课，用英语进行交谈

利用我能抓住的每一个机会。在此过程中，我结识了学院的一名保安，他是我在西安时期最亲密的朋友之一。因为我们都是刚满 20 岁的小伙子，所以我们很快就建立起深厚的友谊。

在西方，人们非常重视自我。我最欣赏这位朋友的是他非常重视家人和社区。尽管他居住在城市，但他仍然会尽可能地抽时间回到家乡的小山村，这一路可谓跋山涉水，需要乘坐大巴，再换乘由蒸汽机车牵引的火车，然后还要走一段很长很长的路。

虽然我们的成长经历截然不同，但当我们发现“家”是我们共同的话题、我们也会为同一些事物笑逐颜开时，我们都感到异常温暖。发现别人的优点往往能激发我们对世界和对身边的人的好奇心。

支付生态和普惠金融

我在西安的时光转瞬即逝，在我的教学合同到期时，我很难过地离开了西安，但这不是永别。像命中注定一样，这个教学项目让我和中国乃至亚太地区结下了不解之缘。事实上，它深深地影响了我的人生抉择，决定了我想在哪生活、想成为什么样的人。

我的工作让我走遍了大中华地区（比如香港，在那里我成了澳洲国民银行的管理培训生），还让我去到了泰国、中国台湾，当然还有澳大利亚。如今，我常驻新加坡，这里是联系东西方文化的纽带。

的确，这些市场之间虽然存在独特细微的差别，但它们都有一个共同点——都致力于进步、重视社区建设。在我和我的团队开展Visa在中国和亚太区其他市场的业务及建立合作时，我在西安工作时学到的经验——“向他人学习，建立良好的关系”仍然十分适用。

得益于改革开放，今天的中国与1987年我离开时已经完全不一样。让我印象最深刻的是中国基础设施令人难以置信的发展速度——现代化的道路、铁路、电力和自来水设施，这些是20年前无法想象的。这些发展成果，加上政府对脱贫工作的重视，让4亿人摆脱了经济边缘化的状态，走上了进步的道路。

因此，当我思索这些变革的规模之大、影响之巨时，我经常会想起我的中国朋友，我想，他们今天的生活与以往相比会有多大的不同？

如今，中国已经成为世界第二大经济体。在这里，智慧城市如同Wi-Fi一样随处可见，大部分设备与物联网相连，这让日常生活和通勤变得轻松、无缝，实现了日常生活和通勤的超级连接。

这些发展成果表明，Visa这样的全球化公司能从中国身上学到很多东西，并预示着建立合作关系、实现共同发展的机会。中国的发展历程尤其让人受启发的是：它的人民在拥抱变革时的那种敏捷、勇气和坚韧——这些特质是在这个快节奏的、竞争越发激烈的世界，保持领先所不可或缺的品质。

作为中国经济发展的支持者，Visa 专注于为中国的客户、商户和消费者创造附加值。作为合作伙伴，学习和协作是我们业务的基石。

事实上，Visa 对中国经济发展的支持可追溯到 30 多年前。1993 年，Visa 在北京开设了第一家代表处。自那时起，Visa 就一直在与中国政府、金融界和科技界的利益相关方开展密切合作，开发电子支付生态系统。目前，Visa 在中国有 58 家金融机构合作伙伴。我们还在中国推出了 Visa 开发者平台（VDP），让我们的合作伙伴能够轻松、安全地连接到 Visa 的全球网络。

为帮助激发和培养中国的创新精神和企业家精神，我们通过实施 Visa“创无限”创新挑战赛（VEI）等项目，与地方金融科技界合作。“创无限”创新挑战赛让金融科技公司创造和设计世界支付界的“明日之星”。我们的目标是激励中国本地人才和初创企业，发掘让商业和日常生活变得更无缝、更有效的，且最具创新性、以人为本的解决方案。然而，技术和创新成果不能只为城市的富裕阶层服务。

我们认为，作为企业公民，让所有人都能融入正规的金融体系中是我们的职责。

正因为如此，普惠金融和支持精准扶贫成为了 Visa 在中国的业务战略的重要内容。2013 年我们发起了“金融教育发展合作伙伴计划”，携手有着共同理念和卓越能力的相关政府机构、金融机构、教育机构、非营利机构与媒体等，通过探索适合中国国情和受众需要的金融教育模式，组织和开展金融教育，传授个人金融知识，帮助提高公众金融意识与素养；主要目标人群包括农村居民、外来务工人员和青少年。在 Visa 的大力倡议和创新项目推动下，已有 16 个合作伙伴加入我们的行列，包括中国人民银行下属的中国金融教育发展基金会与前中国银监会下属的公众教育服务中心；这一数字还在持续增加。截至 2018 年底，有超过 600 万人受益于 Visa 与合作伙伴联合开展的各类金融知识普及活动。

除支付领域外，中国在世界舞台上日益活跃，凸显了全球协作和相互了解的重要性。随着中国改革开放程度的不断加深和跨国企业在当地业务的不断开展，更多的中国市民可接触到国际品牌，出国旅游的人数也达到了有史以来的最高水平。

实际上，《Visa 商业与经济洞察团队全球旅游研究》报告表明，到 2025 年，中国的跨境旅游人数达到转折点的城市数量很可能翻番——全球旅游大军将增加 8000 多万户家庭。

为了顺应这些趋势，Visa 与中国国家外国专家局合作实施了一个基于交流的培训项目，与高级金融监管人员和政府官员分享在全球金融政策方面的洞见和经济领域的最佳实践。

自 2009 年启动以来，该年度培训项目已帮助来自中国主要政府机构的 136 名高级官员。参与学员称赞该项目课程丰富、有洞见，而且认为这样的跨领域学习机会和关系建立平台大有益处。

同样，给予外国人在中国工作和体验生活的机会也非常重要。接触中国文化和中国历史（就像我的海外教学和求学经历一样），有助于我们理解中国经济飞速发展的原因和这个国家志在改善人民生活水平的宏伟计划。只有这样，各方才能更深入地了解彼此的文化，形成互利共赢的工作方式。

增强跨文化合作，拥抱更美未来

2019 年是新中国 70 周年华诞，从我以一个刚毕业年轻人的身份初次到达西安到今天，新的创新成果不断涌入这个国家，将前辈们的幻想变成了现实。

今天的中国人有无数的机会追逐梦想、磨炼才华，为他们自己和他们的家人创造更美好的未来。

中国将继续前进。但确保其经济在未来数十年依然能持续增长并保持繁荣，还需要国内与国际之间加深了解与协作。

看到 Visa 这样的全球化公司能融入到中国飞速发展的经济中，我感到无比自豪。展望未来，Visa 将在下一个三十年，甚至五十年，继续支持中国经济的发展，在此过程中，Visa 与中国国家外国专家局合作开展的跨文化合作和知识分享活动将变得越来越重要、越来越有建设性。因为，你总能从别人身上学到东西，而接触和体验就是学习的第一步。

我期待继续深化我们建立在相互信任和合作共赢基础上的伙伴关系，继续共同助力中国的支付生态系统乃至整个中国经济的可持续发展。

中非兄弟情

文 / 马克 · 力文　译 / 史聪一

在历经了一年的象牙塔生活后，我搬离了曾经的校园，住进了北京的一条胡同。在这里，狭窄的胡同与四合院所构成的社区遐迩闻名，并有许多上了年纪的人世居于此。每当在胡同中漫步，无论走到何处，这些年长的人们都会向我致以问候，并亲切地询问我来自何方。

我回答道："南非。"

毋庸置疑，他们对我的回答报以微笑，并亲切地称呼我为"非洲兄弟"。

上述内容的演讲者、来自南非开普敦的鲁佑罗 · 斯雅克（LuyoloSijake，中文名为天佑）于2013年初次踏足中国大地。此后，在2016—2018年的两年时间里，天佑在北京大学攻读硕士学位，主修“中国学”，专业方向为经济与管理。目前，他供职于一家跨国咨询机构，协助中国公司拓展国际业务，也帮助各国公司寻求在中国与亚洲发展业务。天佑表示：“我原计划在中国继续工作一年，但现在则希望重返非洲——或许不是南非，而是非洲其他国家，旨在帮助中国与非洲各国拓展交集。”

父亲的越野车叫“周恩来”

我与天佑邂逅于2018年的6月。彼时，新组建的中央广播电视总台旗下的“China Plus”，为纪念南非共和国与中华人民共和国建交20周年，正在组织一次特别的活动，名为“我的中国—南非故事”，来自中国和南非的友人们将分别讲述他们的故事。我负责浏览每位发言者的演讲稿，并为他们的演讲提供建议。在完成录制后的一个月，整个系列节目在南非国家电视台上播放。之后，完整的视频也被上传至“China Plus”的官方网站。

正是通过这个节目，我第一次见到了天佑，并了解了他的故事。我发现了天佑对“遗产”这一词的运用，以及对“父辈”的提及。“当我的父亲在15岁那年加入非洲人民大会（非国大）起，他便加入了反抗种族隔离制度的大军。两三年后，父亲被提名加入非国大的军事组织‘民族之矛’，并接受训练。他曾前往坦桑尼亚与其他非洲国家，以及非洲之外的国家进行训练。”

“有时，父亲会与同志们相聚一堂，共同追忆其所经历的往事。随着他们走向年迈，这些故事或将失传的忧心常伴其左右，于是我便开始用拍摄记录这一切，其中一件事便是他们所驾驶的车辆遭到破坏：这是一辆全地形越野车，有人在后轴上做了手脚，造成了后轴脱落。随后，父亲便提出要请修理工人对‘周恩来’进行修复。”

“‘周恩来’？当听到新中国第一位总理的名字被提及，我着实感到惊讶，并且对其与父亲的车子有何关联而感到困惑。父亲解释道：在反对种族主义政府的抗争中，周恩来代表中国，成为支持我们反抗的前锋力量。作为那次援助的一部分，中国方面提供了大批量的此类运输工具。但遗憾的是，没有人能够叫出这些车辆的名字，因为它唯一的标识便是无人知晓含义的汉字。所以，这些车辆便被命名为‘周恩来’。”

接着，天佑解释道：“后来父亲被俘，被关押至南非的罗本岛内。在推翻种族主义政府后，父亲得以释放，并加入军队：这也使他有机会数次前往中国。时至今日，父亲仍会谈及那些曾在中国度过的温情岁月。”

或许，这可能仅是两国“兄弟情谊”的一个侧面，但却不是唯一的一面。

1949 年 10 月 1 日中华人民共和国宣布成立。直至 1971 年，联合国通过了第 2738 号决议，中华人民共和国才被得以承认，正式成为在联合国代表中国的唯一合法代表，并被允许在联合国大会与安全理事会享有其合法地位。而距此约十年前，也就是 1963 年的年底，周恩来总理已对 10 个非洲国家进行了国事访问，并提出了中国支援非洲国家（及阿拉伯国家）的 5 项基本原则。

基于中国对非洲国家具有历史性意义的援助，在联合国第 2738 号决议中投出赞成票的 76 个国家中，非洲国家的数量便达到了 26 个！因此，所有中国人都明白中国与非洲之间的紧密联系，并能够迅速地回忆起毛主席曾经常挂在嘴边的一个词："非洲兄弟"。这也能够解释：为何时至今日，天佑仍然能够听到这个词。

西方对中国在非投资的批判

伊恩·古德拉姆（Ian Goodrum）是一位在中国日报网工作的美国人。在紧邻北京故宫的中山公园音乐堂外，我与伊恩有了第一次见面。当时，我们都参加了 2018 年的中央民族乐团五一（国际劳动节）音乐会，由国家外国专家局为外国专家所举办。

我们开始中非间关系的讨论，尤其是关于西方对中非关系的批判，包括美国前国务卿雷克斯·蒂勒森（Rex Tillerson）在 2018 年对中非关系的一些负面评论。伊恩说：“很多外国人并不明白这些批评基于意识形态，而非基于事实。”他给我推荐了一些书，包括黛博拉·布罗蒂加姆（Deborah Brautigam）的一些作品，她是约翰·霍普金斯大学高级国际研究学院（SAIS）的教授。

2015年，布罗蒂加姆在《外交政策》杂志上发表了一篇文章，彼时正值习近平主席刚刚结束对非洲各国的国事访问。她注意到，习主席承诺将会“发展中非关系”，以实现互利的伙伴关系，并承诺将用三年时间向非洲的发展促进项目提供600亿美元。在一篇名为《中国在非洲投资的五大误区》中，布罗蒂加姆指出：“媒体不断在重复关于中国参与非洲投资的五个最危险、也是最顽固的误区。”在此仅举三例。

“China Plus”组织的“我的中国－非洲故事”活动现场

一、中国只希望榨取非洲的自然资源。布罗蒂加姆指出：尽管非洲丰富的自然资源对中国企业具有吸引力，但对西方企业来讲目标并无二致。二、2015 年 7 月奥巴马总统曾警告许多非洲大使，不要雇用外国劳工参与基础设施的建设。虽然未提及中国，但每个人都心知肚明，他指的便是中国劳工——这已成为老生常谈的误区。布罗蒂加姆说，在一小部分石油产量丰富的国家，中国的建筑公司本可以聘用自己国家的人，但是基于她本人与其他人的调查表明：在大多数非洲国家，大部分的劳工仍然雇用自当地。三、认为中国正在寻求对非洲大陆进行土地控制，甚至有说法称中国有意将本国人派往非洲大陆，为中国本土种植粮食。为此，布罗蒂加姆对中国在非洲十几个国家进行农业投资的 60 个报道进行了为期 3 年的调查，发现这种说法并不成立。起初，她发现中国实际上只获得了 70 万公顷的土地，而不是有些批判言论中所提到的 1500 万公顷。但是，她也确实发现有少部分中国人在非洲种地，但那也不过是向当地市场进行售卖的农作物而已。

非洲学生为什么选择在中国而不是美国学习？

对于天佑而言，以他为缩影的在华非洲留学生并非个例。

2017 年我认识了来自坦桑尼亚的扎卡里亚・米格托（Zakaria

Migeto），他是一位社会学博士，同我一样，居住在中央民族大学的公寓楼里。2018 年 8 月，我在上楼回家的途中恰巧遇到了正要出门的扎卡里亚。他说：“我最近正在撰写关于中非的历史关系。你知道坦赞铁路吗？当时的新中国仍旧一贫如洗，但却为我们与赞比亚免费修建了这条铁路。”坦赞铁路联通了坦桑尼亚和赞比亚，意在为地处内陆的赞比亚打通通向出海口的交通命脉，以此打破经济上对南非、罗得西亚（今津巴布韦）种族主义政权的依赖。

之前，我已经认识了一些在中央民族大学学习的塞拉利昂或其他非洲国家的留学生。实际上，在中国的各个大学，非洲学生在国

2018 年 12 月，作者（左）、傅涵（右）与郝哥在尼日利亚大使馆，郝哥是一位尼日利亚歌手，在中国家喻户晓

际学生中的比例已经从 2003 年的 2% 增长到现在的 13%。该数据来自 2017 年 6 月美国有线电视新闻网络（CNN）网站上的一篇文章《非洲学生为什么选择在中国而不是美国学习》。

在不到 15 年的时间里，非洲在华留学生的数量增长了 26 倍——从 2003 年的不到 2000 人，增长到 2015 年的将近 5 万人。

联合国教科文组织统计研究所的数据显示，每年到美国和英国学习的非洲学生人数在 4 万人左右。而在 2014 年，到中国学习的非洲学生人数超过了英国和美国，成为非洲学生出国学习的第二大目的国，仅位列法国之后，后者每年的非洲留学生人数超过 95000 人。

坦白地讲，某些非洲留学生来华是因为中国相对廉价的学费，或是寄希望于日后能够在中国建立潜在的商业往来。但除此之外，在 2015 年中非合作高峰论坛上，中国承诺在 2018 年将会为 3 万名非洲留学生提供奖学金，这非常关键。

中国向国际学生提供各类不同的奖学金。扎卡里亚所参与的项目便是 7 个中国政府奖学金中的一种。此外，还有“一带一路”奖学金，以及其他各种形式的奖学金。而当初天佑来到中国，就是通过参加汉语桥大赛赢得了奖学金（包括机票）。

中国的签证制度决定了大多数留学生在完成学业后不能继续留

在中国。这也意味着中国正在为非洲培养一代学生。因此，与去法国、美国或英国的学生不同，来中国留学的非洲学生更有可能回到他们的祖国，并带去他们所接受的新兴教育与技能。

2018年9月初，中非合作论坛在北京举办。南非总统西里尔·拉马福萨是这次会议的联合主席，我第一次见他还是在近30年前，在加利福尼亚的帕罗奥多。他在发言中说，中国不但没有在非洲采用殖民的方式，而且还帮助了非洲大陆的发展。他说“中国是非洲国家值得信赖的伙伴，将帮助非洲实现非洲联盟《2063年议程》”，这个议程是指导非洲实现五十年发展的框架。

那是我第一次俯瞰上海

文 / 丽莎 · 斯蒂特　译 / 张佳艺

飞机下面的海面看上去坚硬结实。倘若我扔下一个球，说不定几分钟后便会弹回到我的手中。从地平线上看，海水共长天一色，蔚蓝与蔚蓝无缝衔接。注视着阳光下的波光粼粼，我不禁好奇数千英里下的水域里遨游着哪些生物？

阿拉斯加如幻景一般，满山遍野的皑皑白雪绘满机窗，将下方的西沃德掩盖。正当我断定海洋浩瀚无边界时，陆地的出现令我十分震惊。飞越阿拉斯加时，我目不转睛欣赏窗外风景；飞越日本时，我彻底沦陷于窗外美色。

飞机临着陆时，那是我第一次俯瞰上海。身下的上海仿佛一座玩偶之城，河流贯穿山丘，加之微型房屋和树木交叉，活脱脱一架错综复杂的三维模型。来华第一天，我们便享用了美味的午餐和美妙的巴士环城之旅。虽然闷热潮湿，但上海却是一个生机勃勃、惹人喜爱的地方。我们在中国的这个“安生教育”（AYC）团队约40人，成员分别来自英国、印度、南非、加拿大和美国等。我们花费一周的时间在上海接受对外英语培训，同时在被送至各自寄宿学校之前享受着这段难得的团队合作时光。

本文作者丽莎·斯蒂特（左）

我被指派到中国浙江省云和县实验小学授课。云和县位于浙江省西南部，距丽水市约一个小时车程。云和县以其美丽的梯田和木制玩具生产而闻名。按照中国标准，云和县是一座拥有约12.5万人口的“小”县城（尽管如此，它却仍足有我家乡的5倍大）。

AYC团队中的Klara被分配到云和县的一所中学任教。美国同胞本就为数不多，而今能携手工作，我们深感愉悦。为陪我们一道去云和县，Ano和Sissy在我们出发前一天抵达上海。一起用过午餐后，我们四人搭出租车到火车站。这是我第一次在中国坐汽车。穿梭在拥挤的道路上，不断躲闪来往行人，昔日印度之行的感受重回眼前。到达车站后，我询问Ano车站是否与机场相连，她轻描淡写地笑笑说：“不，车站如此之大，只是因为人口众多。”

然而走在上海街道上，却并不似我想象中那般拥挤。一座容纳2500万人口之多的城市，仍能给人以神清气爽之感，这实在让人大为惊叹。路上行人都悠闲地踱着步，我一想到以为自己会像沙丁鱼罐头一样挤在人行道上，便更觉讶异。孩子们玩着滑板车，父母牵着他们的手。整座城市安静祥和，仿佛这里的人们都在度假。

火车以300公里的时速疾驰，就好像在新铺设的路面上开车一样顺畅。一座座建筑，一片片田地，一排排庄稼，皆似以一种将与地面脱离的速度飞驰而过。穿过隧道后，眼前改天换地。顷刻间漫山树丛骤现，苍翠欲滴的枝叶分外美丽。夏天，白日里有热带森林般的空气，夜间则是弥漫着冰冷雾气的树林。随着翡翠般的树林越发靠近火车，大气透视将远处山丘折射为青灰色，呼之欲出。

最后我们抵达丽水，Ano开车送我们到云和县。夜幕笼罩着整座县城，即便如此，能被指派到这里已实属幸运。躺下歇息时，我已经预感到如若离别之日到来，我将和这里有多难分难舍。时光荏苒，白驹过隙。虽然在飞机上我有背井离乡之感，但我希望在接下来的10个月里，视中国为第二个家，享受生活中的每时每刻。（丽莎·斯蒂特，安生教育AYC项目教育大使）

中国：我的梦想家园

文 / 本杰明 · 大卫 · 凯里

本杰明·大卫·凯里：1985 年生于美国马里兰州，作家、诗人、音乐人、导演、艺术家，现任北华航天工业学院高级英语教师，2015 年荣获“河北省优秀外国专家奖”。

我是一个在美国农村出生、长大的男孩。第一次接触到电影里的中国文化时，我就被深深地震撼了。我清楚记得成龙在《警察故事》和《醉拳》这些电影中精湛的喜剧表演和精彩绝伦的武术。在这些电影中，中国被描绘成一个有着悠久历史文化传统的地方，这个国家，既有着数千年的历史文明，也有着现代化社会的飞速发展。我非常想去这个陌生、神秘的地方生活，体验那里丰富的文化。在我 8 岁那年，我去了家乡的一个小型公共图书馆，开始阅读我能读到的有关中国的每一本书。我读过许多朝代的故事，读过三国，读过孙悟空和《西游记》，读过孔子的教诲，读过伟大诗人的作品，读过中国领导人的英雄事迹，看过许多有关长城、紫禁城、黄河等中国大好河山的摄影作品。我的心中充满了对中国的热爱，梦想着有一天我能去中国。

2012 年，小男孩的梦想实现了。我在河北省廊坊市的一所学校获得了一份英语教学的工作。原本看起来不可能实现的梦想现在变成了现实。很多老师曾建议我去上海或北京这样的城市生活，因为那些城市里有相对更友好的英语环境，但是，我并不想生活在一个英语友好的环境中。我想要生活的地方，是一个能让我真正沉浸在汉语和中华文化中的地方。我希望我在中国的经历是一次真正的冒险。

火炕、温室大棚和包饺子

我在中国的经历是一次神奇的冒险之旅。首先，我要以食物来开始我对中国文化的介绍。中国人民以中华美食为荣，中国哪个地区的美食味道最好是我和朋友们共同的话题。我品尝中华美食的最美好的回忆之一是有一次我去一位河北农村的朋友家里做客。

那一次，我和一些外教应邀到离廊坊市区较远的一个农庄里玩几天。我们搭乘公交车，沿着旧土路颠簸了两个小时，最后看到了玉米地中央的一个金属的公交站牌。这一站是这条公交线路上的最后一站，我们下车后，公交车就掉头返回市区了。剩下的路程由我朋友的叔叔开车来把我们接进村子。这是一个小村庄，连通村庄内外的一条主干道两侧有各种小商店。我朋友的父母经营着一家小型的农具商店，他们在商店对面有一套老式的平房。这是一个带围墙的庭院，后面有三个房间。他们的厨房里有一个很大的铸铁锅，锅下面生着火，锅的周围是用特殊的黏土和混凝土砌成的墙，将厨房里的烟和热量送到房间里。房间里有"炕"，这是一种用泥土和稻草覆盖的床，床下面有特殊管道，热量就通过这个管道输送。看到这种传统的炕我很是惊讶，我很好奇睡在这么硬的床上是什么感觉。它很硬，但很暖和。我舒舒服服地睡在这张古式的床上，被子裹得严严实实的。我朋友的祖母告诉我，跟软床相比，硬床更适合人的背部。在硬床上睡了几年，我如今很认同她的观点。

在农村学习包饺子

有些人并不关心中国的农村，也不愿意在那里生活。但是这一家人告诉我他们宁愿住在乡下也不搬到城市中去。由于来自美国的乡村，我对此感同身受，在农场中有一种在地球上其他地方都无法找到的祥和与宁静。这一家人种植的农产品也体现了现代化农业在中国的发展。我们是在冬季中旬做客，然而，塑料圆顶覆盖的土堆使黄瓜和西红柿一年四季都能生长。土堆起到温室的隔热作用，而塑料圆顶则允许阳光进入同时不会让水分和热量流出室外。我走进那些巨大的温室，迎接我的是成百上千发育着的绿色藤蔓。这儿有像我胳膊那么粗的黄瓜和多汁的红番茄，这些蔬菜成束地等着农场主摘下做成晚餐。当太阳开始落山时，农民们把用干草做成的大地毯滚到塑料温室的顶部。他们向我解释了这样做的目的是在寒冷的冬夜帮助植物进行保温。这些植物裹在稻草毯子里睡得就像我在炕上裹着毯子一样温暖舒适。

第二天早上，我们和这一家人一起包饺子。这是我第一次做饺子，我很兴奋地观摩和学习。我朋友的奶奶正忙着在厨房里把蔬菜和鸡蛋混合在一起做饺子馅。她有一个大铁盆，用一双木筷搅拌里面的东西。我朋友的妈妈在奶奶旁边用手把面粉和水放在碗里做成又厚又黏的面团。我和另一个外教在一旁看着她把面团揉成一个厚实的蛇的形状。她在一块木头砧板上滚它，直到那条肥蛇变成了一条又长又细又软的粗绳。当她开始切面团并把小面团揉成面皮时，她的手迅速而平稳地移动着。这些面皮薄得几乎和纸一样，放在我的手掌里刚刚合适。然后我朋友的祖母拿了一匙拌好的蔬菜馅，放在面皮里。她迅速捏了几下，做出了一个形状完美的饺子，以备蒸煮。她朝我笑了笑，然后让我试着做一个自己的饺子。她给了我一块面皮，我试着模仿她的手法，但这比看上去困难得多。我的小饺子馅太多了，所以当我捏的时候，饺子馅就从边上挤出来弄得满手都是。这一家人对我笑了笑。然后他们温柔地鼓励我再试一次。我的下一个饺子紧紧地合着，但是那形状是真的非常难看。在我做出看起来正常的饺子之前，我还需要更多的尝试。我们都站在餐桌旁聊天、欢笑、包饺子。这真是令人愉悦而又美味的趣事。

最大的冒险：遇到我生命中的挚爱

我在中国已经住了 7 年了。在那几年里，我收集了许多故事并进行了许多冒险活动。我最大的冒险直到最近才发生。2017 年，我遇到了我生命中的挚爱，一个来自东北的美丽的中国女孩。我们是由一个共同的朋友介绍的，对我来说，这是一见钟情，虽然她爱上我需要一点时间。跨文化约会带来了一系列的挑战。我们最大的挑战是语言障碍。我的汉语口语水平仍然很差，而且从高中开始她的英语就没有再用过。因此，我们的约会经常要借助于智能手机，在我们找不到可以表达我们思想的词语时，翻译程序填补了空白。回首过去，我不知道我们是如何成功的，但经过几个月的会面，我们开始在一个更深层次上了解彼此。我们的心超越了文化的障碍，我们开始能够以一种只有我们才能理解的破碎的中式英语混合体进行交流。朋友们常常在困惑中摇头，因为我们的对话会在英语、汉语和她的东北方言之间来回跳跃，有时甚至在一句话中就夹杂了两三种。对于一个局外人来说，我们的沟通方式似乎是一种混乱的口语。但是于我们而言，她能理解，我能理解，我们就都很高兴。

在那些天里我认识到，唯一能够让她在糟糕的一天里高兴起来的方法就是带她去吃些辛辣的食物。我们最爱去的一个地点是一家市里非常有名的火锅店，火锅店的旁边还有一家餐厅做的麻辣小龙虾非常好吃。她很爱吃辛辣的食物，然而我却不太能接受。这就是我们会产生分歧的其中一方面。越热辣的食物她越喜爱，但对我而言，一点点辣味的香料就足以让我流泪并且后悔为什么一开始我要去尝试它。我经常会带她去她最爱的餐厅看她大快朵颐麻辣龙虾尾，那时我就会高兴地坐在她身边享受我那一份一点辣味都没有的烤鱼。我们或许在食物辣味的程度上不能达成统一，但我们俩对美食都有相同程度的热爱。如果我们一起去吃火锅，我们就会点上一份鸳鸯锅底，一边是辣汤一边是清汤。最后我俩都会心满意足地走出餐厅。

有时，我的未婚妻会和我争论，她说东北菜是中国最好吃的菜，我承认东北菜确实很美味，然而我却很难承认东北菜在中国所有菜系里面是最好吃的。但是，当我和我的未婚妻去看望她的家人时，我就亲自体验了东北风味的食物。这段旅程是在2017年年初，那时我和她还只是处于朋友阶段，也没有开始约会。关于这段旅程我真的是紧张极了，因为这是我第一次去见她的家人和朋友。这次的见面就像是一次测试，看我是否有资格当她的男朋友。在去往她家乡的火车上，紧张感使我几乎整夜无法入睡。如今回忆起这段往事，我始终无法确定在见家人和朋友这件事上我和我的未婚妻谁会感到更紧张一点。

我原本以为我只需向我未婚妻的家人介绍自己，没想到我几乎向她整个村子里的人们自我介绍过了。那时候我才真正深刻体会到中国的家庭关系，许多中国人在生活中交流接触甚深，就如一个群落一样，人们被数不清的阿姨舅妈等关系连为亲戚关系，一起看着她们的子女们长大。就算是没有血缘关系的人也被称为兄弟姐妹或者叔伯姨婶。有一种真实的感觉是，一个村庄的人在共同抚养一个孩子，这一点在中国表现得最为明显。

我以为我未婚妻的母亲会是我和她女儿谈恋爱的最大反对者。然而，事实证明并非如此。我问我的未婚妻，怎样称呼她的妈妈才是正确的称呼，她告诉我“阿姨”是正确的称呼。然而，当她妈妈听到我叫她阿姨时，她拒绝了，说我应该叫她妈妈。我很惊讶，但我认为这是一个好迹象，她想让我成为这个家庭的一员。就在那时，我意识到在中国，成为别人的男朋友是一种严峻的考验。通常整个家庭都参与了这个过程和决策。这可不是儿戏，我试着以最大的尊重来对待整个考验。我喜欢住在中国，我喜欢中国文化，并且我未婚妻的家人尊重我对他们家的爱。

乡下的传统婚礼

我们在东北的这段时间，我参加了我未婚妻最好的朋友的婚礼。这是一场在乡下举行的非常传统的婚礼。新娘和新郎穿着精心设计的红色结婚礼服，新娘的喜服上绣着金色的凤凰和粉红色莲花，新郎的喜服上绣着错综复杂的金龙。衣服华美漂亮极了。参加婚礼的人站在外面，聚集在农舍前的院子里。在农家庭院的尽头有一个巨大的高台，红地毯隔开了拥挤的人群。四个男人穿着传统的蓝色服装抬着红色喜庆的轿子，那里面是蒙着盖头的新娘，她美丽的脸庞被红盖头盖着。此时新郎站在红地毯的起点，等待新娘的到来。轿夫们把喜轿放在地上，新娘从喜轿里走了出来。新郎牵着她的手，领着她穿过围观的人群。他们跨过一个苹果，伴郎们用五彩礼炮向天空发射，倾泻出五彩缤纷的彩带。新娘和新郎走到前面，司仪、他们的父母和我穿着漂亮的粉红色礼服的未婚妻都在那里等着他们。他们走到人群面前，新郎经过三个步骤的仪式把面纱从新娘的脸上掀开：第一次他会稍微掀起一点，然后离手让盖头重归原位，然后第二次把盖头掀起一点，然后再把它放下。第三次，他终于揭开盖头，露出了她美丽的脸。然后他们俩给各自的父母上了茶。最后一个仪式是喝交杯酒，就是交叉把两个人的杯子合在一起饮酒。我发现结婚仪式短得惊人，但却异常美丽且充满意义。就在那个周末，我和未婚妻向家人和朋友宣布我们打算开始正式约会，我们现在正式成为男女朋友了。当我观看婚礼仪式的时候我在想，是否有一天我也能穿上那件红色的新郎喜服，有幸揭开我心爱的人脸上的红盖头呢。

我和未婚妻试穿传统喜服

距离我和未婚妻参加她好朋友的婚礼已经有一年了。从那开始，我就宣布了我要娶她。我在圣诞夜向她求婚。现在，我和未婚妻正忙着准备我们的婚礼。我们正在为婚礼预订房间，准备菜单，试穿婚纱。在不久前的一天，我看着婚纱店里镜子中的自己，身着红色的中国传统婚服，上面有金龙在胸口处舞动。再过几个月我就要和我的梦中情人结婚了。我离我的梦想越来越近了。我记得，在美国乡村长大的那个小男孩，8 岁时第一次在一家中国餐馆尝试使用筷子。我记得 27 岁那年，他坐上一架飞机，前往古老神秘的未知国度——中国。现在，他正望着 33 岁的自己，穿着中国传统的结婚礼服。

我的生活就是一场奇遇。我正在我儿时起就爱上的国家里生活着，经历着。更重要的是，我即将成为一个中国家庭的一员，一个文化的一员，一个社区的一员，而这一切都是我曾经梦寐以求的。这是我梦想的家园。

为丽江谱新曲

文 / 马克 · 力文　译 / 史聪一

“马克先生，您能为丽江谱歌一曲吗？”这一请求来自云南省国际关系办公室主任的阮朝奇先生。那是 2017 年 8 月 8 日，彼时，我正在出席“2017 年度高层次外国专家休假活动”的一个晚宴，阮先生恰好就坐在我的旁边。

本次休假活动由国家外国专家局（SAFEA）组织（注：2018 年，科学技术部与国家外国专家局重组为新的科学技术部）。此行共有 60 名外国专家，我有幸成为其中的一员。而在这些专家中，不乏携配偶同行者，甚至还有一些专家的孩子也随行。与他们中的多数人不尽相同，我之所以收到邀约，是因为此前荣获了中国政府友谊奖的殊荣。

与本土歌手同唱当地民歌

在那次晚宴之上共有8—9桌，每桌有2位中国官员陪同，而阮先生便是列席者之一。对于诸多共同出席的外国人士，阮先生与其同事们都尽可能地去结识。因为当时正巧坐在他的左手边，于是阮先生便“从我开始”了。

在中国的56个民族（其中94%的人口为汉族，剩下的6%为其他55个少数民族）之中，仅云南一省内便有其中27个少数民族分布。以纳西族为主，共有22个少数民族生活在丽江这座古城周边。因此，对于我执教中央民族大学的身份，阮先生及其他与会嘉宾颇感兴趣。

除了谈及我的教学内容外，我还聊到了自己所创作的歌曲，其中有60余首与中国相关，我还向他介绍了我在中国的诸多巡演。阮先生于是问我能否为丽江谱歌一曲。我回应他:“我需要一些时间，但我乐意为之。”

在晚宴开始前，一位纳西族女歌手进行了简短的音乐演奏，即用纳西族方言演唱了数首当地民歌。阮先生对我说：“您也应该为我们大家登台献曲啊。”事实上，我也很希望能够与大家分享自己的音乐作品，但因为缺少吉他的伴奏，我有些犹豫。于是我说：“我的吉他不在身边！”“我们试试看能否帮您找到一把吉他。”于是，阮先生拨通了电话，并与他的一位同事平静地交谈起来。二十分钟过后，他对我说："我们为您找到了一把吉他。"因为当天晚宴的举办地点正巧在我们所下榻酒店的二层，所以在晚宴的间歇，他安排同事向一位正在一层吧台休息的独奏吉他手借到了吉他。

随即，我来到隔壁的房间调试吉他，查看其调弦及音色状况是否正常。忽然，我听到有人在呼报我的名字，意识到他们正在对我进行入场前的介绍。于是，我随即登台，演奏了两首曲目。第一首歌曲便是绝大多数中国人耳熟能详的一首中国歌曲：《敢问路在何方》，这是电视连续剧《西游记》的主题曲，根据中国经典同名小说改编。而第二首是我早期所创作的一首曲目：《我可爱的亚洲双眸》。在第二首歌的演唱过程中，我有一段是用中文进行的，因为早在我十年前参加《星光大道》的时候，节目组便要求我对其中的一部分进行中文演唱。

演唱完毕后，我向阮先生表示自己还想再演唱两首中国云南风的歌曲。阮先生显得非常高兴。而当我表示自己要与纳西族歌手共同登台演唱时，阮先生越发欣喜。于是，在征得阮先生的同意后，我便走向纳西族女歌手，邀请她与我共同演唱歌曲，她也欣然应允。相比于观众们在独唱环节的积极回应，我们在双人合唱环节的表演则赢得了更多的赞许。对于我能够演唱当地歌曲，并且还能与当地歌手同台合唱的举动，地方官员们同样表现得异常高兴。无独有偶，许多在场的外国嘉宾与观众也同样对此次演出赞誉有加，有一些人甚至回应道：“终于明白您为什么能够赢得友谊奖这样的殊荣了！”

第二天，我们一行人去参观了当地的旅游景点，其中就包括著名的虎跳峡与玉龙雪山。当晚，我们所参观的最后一处景点便是丽江古城，以及闻名遐迩的纳西东巴文化博物馆剧场。对于剧场内的音乐演奏，我尤其喜欢，因为在两年前的丽江之旅中，我遗憾地与当时剧场的演奏擦肩而过。

作为大研纳西古乐会会长，宣科于 1981 年创立纳西族管弦乐团，旨在保护有“音乐活化石”之称的纳西族民乐。如今，纳西族

作者（右二）在丽江了解纳西古乐

管弦乐的表演已然成为丽江本地的标志性文化符号，并成为“必不可少”的当地节目。

在此次剧场的参观过程中，我们有幸见到了宣科，他已有 89 岁高龄。但令人更为惊讶的事情远不止此，而是在这个约由 15 名音乐家所组成的乐团内，竟然有 6 位成员比宣科还要年长。出于身体原因，无论是在个人及乐团的详细介绍层面，还是在登台演出方面，宣科都受到了不同程度的制约，以至于在长达 45 分钟的演奏过程中，观众仅仅在开场阶段才能够目睹他本人显露身手的二胡演奏。宣科本人能够讲流利的英语，使我一度认为这是他在全球范围内巡回演出的过程中所练就的硬功夫。

关于自创歌曲的投票逸事

行程结束后，我便启程返回北京。大约又过了一个月，我将《一个叫做丽江的地方》的歌词寄给了阮先生。在此之后，我便开始根据歌词对曲目进行创作。事实上，我一共为这首歌谱曲三首，每一首曲目在曲调与节奏上均不相同。这三首歌全部是我在住所内简单录制的，我也将它们一并寄给阮先生。他向我表示感谢，但却在而后近四个月的时间内杳无音讯。

时至 2018 年初春，云南省外事办的一位工作人员与我取得联系，并询问我是否有时间参加即将在6月举办的会议。会议致力于国际人才的沟通与交流，分议题可谓是五花八门。会议的发起点设定在云南省的省会昆明市，与会后我将启程前往丽江。就在此次会议开始前的一个月，阮先生再次与我取得联系，并直接告知我携带吉他前去参会。他表示，希望我能够出席此次会议，但对我的参会行程会另做安排：阮先生计划让我同丽江政府的相关代表进行会面，并希望我能够对《一个叫做丽江的地方》的三种不同版本进行演奏。他还希望我能够与政府代表进行相互协商，并从这三个选项中选出一个，作为这首歌的官方版本。

会议的开幕仪式在昆明如期举行，约有1000人出席，其中有近150名外国友人，而其余参会者均为中方的政府官员、商人及媒体代表。而在丽江，我更是受到了当地文化部门代表的热烈欢迎。在参观完丽江本地世袭家族的历史古宅后，我便返回下榻酒店，去出席一场关于这首歌曲的相关会议。

会面者有四名当地的纳西族音乐家与作曲人，三名丽江文化部门的工作人员，以及两名当地媒体的记者朋友——他们准备在《丽江日报》上对此次“历史性会晤”进行后续报道。除傅涵外，其他人均不懂英语，因此她对歌词内容向各方进行阐释，并为我们的讨论进行翻译。

我先介绍了歌曲，并对三首曲目歌词虽然相同，但却拥有三种不同的曲风进行了解释。随后，我对三种版本依次进行演奏：暂且设定编号为 1、2 和 3。当演奏结束时，其中一位音乐家询问我是否能够对 2 再次演奏，而另一位音乐家则希望我能够对 3 再次进行演奏。

身为教师，我曾经有过十年的辩论团队教练经历，而在我演奏结束后，便随即进入了最为激烈的讨论环节。我充分感受到：这真是一场热烈的讨论。其中一位音乐家建议我将部分歌词进行翻译，并用纳西族方言进行演唱；而另外两位音乐家们则对此持否定意见，并肯定了英语歌词的必要性：他们表示这并非一首纳西族民歌，而是通过一位外国友人的视角对该地区的一种呈现，所以应该使用作词者的母语进行演唱；而最后一位音乐家则主张在演唱过程中加入纳西族乐器，但这同样也引起了其他人的拒绝与反驳。

最后，我们邀请在场的九人分别参与调查，请他们选出自己最喜欢的版本，并阐明缘由。于是乎，每个人的确选出了最喜爱的版本……但是，其中三位选择了版本 1，三位选择了版本 2——你猜对了，剩下的三位果然不约而同地选择了版本 3。

对于他们而言，我这位外国友人为他们的城市（丽江）写歌作曲，并从歌曲中讲述丽江故事，是一件倍感欣喜的事情。最终，在众人的支持下，歌曲的三个版本全部得到保留，并且还赋予了我在各种不同场合根据情况进行演绎的权利。

再见宣科

毫无疑问，这一天的到来令人倍感兴奋。然而确切地讲，无论是这一天，还是这番激动的心情，都尚未画上句号。

我与傅涵同文化部门的工作人员共进晚餐。在此期间，尽快结束用餐的催促不绝于耳，但我本人对此却一头雾水。

我们一行人来到古城的边缘，在大约步行了十分钟后，便抵达了剧院。此时，距离演出开始还有半个小时，我正优哉地观望着剧场外的照片与标语，此时傅涵走上前来，通知我是时候进入剧场了。我好奇道："这是为什么？我们足有半个小时的时间呢！""宣科正等着见我们呢。"于我而言，这无疑是一个意料之外的惊喜。随后，我们便跟随着宣科女儿的脚步进入剧场，来到了一个由办公室与更衣间组合而成的地方——正是在这里，我们见到了宣科，以及几位与他合作的音乐人。

此前，我们与宣科因文化部门领导的引荐而相识。而在先前的访问活动中，我了解到宣科能够熟练地掌握英语，不需要任何人来担任翻译。在我看来，宣科能够做到这一切绝非因为其曾周游列国，而是另有原因。果不其然，我随后便得知：宣科的父亲是丽江第一位能够讲英语的本地人。至于宣科本人，则在童年时期求学于德国教会学校，并从那时起开始学习英文。

我向宣科介绍了自创的歌曲，同时对自己随行准备了歌词副本感到庆幸，并让宣科一并过目。在此期间，我特意提到了歌曲创作中与宣科及剧场有关的内容，能够感受到的是他本人的那份惬意与欣喜。

在大家探讨的过程中，我还提到了俄国作家顾彼得（Peter Goullart）的著作《被遗忘的王国》，因为我曾在其中了解了一些关于丽江的情况。在1942年至1949年间，顾彼得曾被中国工业合作社（Gung Ho，即工合组织）委派至丽江担任代表。听到这里，宣科显得十分高兴，因为他不仅和顾彼得是老相识，其父亲还曾在顾彼得身边担任秘书一职。他向我们讲述了一些关于顾彼得故居的事情，包括故居所处的位置，以及彼时那里的忙碌情形。

在《被遗忘的王国》一书中，顾彼得曾对丽江名称的由来做出如下解释：

在汉语中，丽江的字面含义为“美丽的河流”。而这一河段则被称为金沙江，也就是众所周知的长江（分流段），在其东西两段的冲刷下，形成了丽江环流，而丽江古城便坐落在这座冲积平原之上。无论从何处观望，丽江与古城的距离皆为25公里，但要抵达河流北部的环顶之处确需时日。因此，无论是对于这条河流本身，还是对这座古城而言，丽江（美丽的河流）这个名字都当之无愧。而与中国绝大多数城镇不同，城墙在丽江古城曾无处寻觅。而作为一个县城，丽江在人口稀少的云南省内却占据着广阔的地域。

不要闭上双眼

文 / 雨果 · 迪亚斯　译 / 孙梦琪

雨果·迪亚斯（HugoDiaz），特立尼达和多巴哥国籍，毕业于德雷克大学的精算学专业，并取得了工商管理学士学位，现任石家庄贝思国际英语学校副校长。

眨眼间，你会错过一个新的商场、公寓大楼或一些其他的建筑。转过身后，当你再次面对这个城市时，你会发现一个全新的地铁系统和扩展的公路。小睡一下，当你醒来的时候，你可能会以为你在一个新的城市。

这里的人们称石家庄是一个小城市，这实在是太疯狂了，如果在美国，这座城市会被认为是一个相当大的城市。有时候这座城市发展的速度有点惊人，这让我感觉好像我已经完全落后了。但在其他时候，因为这里有很多潜在的机会，我又开始变得无限乐观。说一个老笑话——石家庄只有三类建筑物，正在建设中的建筑物、刚刚建成的建筑物和即将开工的地段！

在哪里开始？

实际上，一开始我没有选择去往石家庄。但河北省与美国艾奥瓦州存在姐妹城市关系，而我选择了艾奥瓦州的得梅因，所以我最终留在了石家庄。

一开始我也没有选择当老师。但我需要找到一个实际的谋生手段来支持自己在中国一年的生活。我的大学帮助我找到一份教授英语的职业。也因此，我拥有了一个绝佳的机会去探索这个有吸引力的文化和国家。

我的第一堂课并不十分紧张，这是个意外之喜。

我觉得自己已经准备好上课了，我十分清楚我想要讲什么，我知道我想对学生说什么，而且我做好了供我参考的笔记。我并不紧张，这对我来说是一个惊喜。至少我当时还不紧张。我决定进入教室，以便在正式授课开始之前能够有机会见到一些学生。我以为提早 15—20 分钟就足够了。而我错了！我 7 点 40 分到达那里（上课时间到 8 点才开始），但是每个学生都已经在教室里了。这把我弄糊涂了，突然之间，我开始感到有些不安，然后，教室里看到我的同学们突然发出了吃惊的嘘声，随后在那里交头接耳。我抬头看了看课堂，至少有 90% 的学生都敬畏地看着我。我赶紧看向自己的包，然后从包里拿出笔记。基本上，我漫无目的地翻阅我的笔记，试图让自己看起来像是在忙。我注意到我的双手在哆嗦，坐在教室前面的几个学生好像也注意到这一点。我看了看时间，7 点 50 分。我开始后悔这么早来上课了，我该怎么做才能度过这十分钟呢？

就这样我开始了在中国当老师的生活，不过或许还应该再往前回溯一点点。

本文作者（后排中）与学生在一起

消除恐惧

当我刚到中国时，我的航班降落在北京。已经是晚上了，所以我没有看到太多东西。我只记得在一家街头小饭馆里吃面条。以我当时没有多少经验的眼光看来，那家饭馆看起来有些阴暗。一直停留在我脑海里有关那一天的情景是一群光膀子的年轻男人坐在一起抽烟喝啤酒。也许这不是中国给我的最好的第一印象，但由于某种原因，这反而让我感觉更舒服了一点。在我来之前，我真的不知道会发生些什么。之前我担心这会是一个由于负担太重而不能好好享受生活的地方，但眼前这些人明显是在放松和享受生活。这一幕消除了我的恐惧。

在去往石家庄前，我只在北京花了几个小时昏昏沉沉地倒时差。前往石家庄的时间是第二天的凌晨，而整个去石家庄的旅程就像是一种朦胧的半梦半醒的梦境。我几乎不说话，只是凝视窗外，观察周围的环境。我有太多的东西要去接受和正确理解，而我无比疲惫的头脑和身体却似乎仍然滞留在美国，还没有赶上所在地，这让一切变得更为艰难。但我唯一肯定的是，我现在的感觉是不完整和仓促的，并且我确定只要有机会，我会再次重游北京。

这个机会来得很快，因为一个月后就是国庆节。

火车站

我和一名中国朋友菲戈，决定到北京旅行。我们必须提前十天到车站购买火车票。在火车站附近有额外的警力负责处理聚集的人群，这些人们着急买票，互相推搡。

当值班人员突然宣布要休息 20 分钟这一消息时，局面变得更加不稳定。我当时本能的内心独白如下："认真的？为什么所有的工作人员要同时去休息？就没有轮换机制，可以让他们合理的轮班并且服务不会完全中断，这样不是更好吗？"对于这一事宜可能有非常合理的解释，例如系统故障或差错或者其他一些什么，但是不要试图向排队的人解释其合理性，尤其当这个不耐烦、焦躁、不安又局促的人已经在排队中挣扎了许久。在这种事态升级的情况下，你唯一能令人振奋的话语就是你们已经重新开始工作了，然而即便这样，他们的愤怒也不会立即或完全消散。

在这期间，没有车票出售，并且我们不得不站在原地以避免失去在队伍中的位置。很多人近距离挤在周围，这让人感到又热又闷。在休息的期间，我能听到周围人的抱怨，显然对于休息这件事每个人都感到不高兴。与我们同行的另一位外国教师对于试图越过我们插进队伍的某人感到相当的恼火。我真的不怪他，因为这种行为确实令人生气。我记得他说过，如果再有人试图越过他，他已经准备好对其实施“野蛮”行为。我想当我没有说任何话来支持他或肯定他内在的愤怒时，他一定感觉很糟，但是这是我会做的事情。我不怎么抱怨，有时我不怎么讲话，我只是静静地观察并感知发生在我周围的事情。

我和菲戈买到了去北京的车票，然而不走运的是，另外那位教师因为意料之外的价格波动没有买到他想要的票。因为票价比他起初预期的要高很多，所以他那时没有买。由于他要为同他一起旅行的一群人买票，他不确定每个人会补给他差价，或者，当了解了“新”票价后，他们是否还想去旅行，所以他不能作决定。他打了一会儿电话，旅行团中的其他人说他们会到火车站来了解下情况并一起作新的决定。他深吸了一口气，然后离开了队伍。现在他脸上的愤怒和沮丧已经不见了。然而，我知道他已经在濒临爆发的边缘，所以当其他人一到，我和菲戈就很快就离开了。

40 年前的我们很有可能没有意识到有其他的选项。以火车站买票的例子而言，我现在知道有很多散布在城市中的小型火车票售票点。但是我不知道当时是否存在这种选择。网上订票？我没有对事实进行验证，但是我对于那时是否有这一选项表示怀疑。并且，我周围的人对上网并没有太多经验。那时学生们普遍没有笔记本电脑。智能手机？别想了，很多学生甚至连普通的手机都没有。所以，基本上，即便存在网上系统，我们可能在当时不知道有这么一种选择并且我们可能不会使用网上订票的程序。最可能的结果是我们花费了很多的时间来弄清楚工作原理，却只是徒劳地得出结论：网上订票不可行，最后仍然需要去火车站并忍受糟糕的排队。

即使上网的问题解决了，但这只意味着是时候开始处理下一问题了，这是个没完没了的过程。上网买票需要银行账户。我那时还没有银行账户。因为复杂的文件工作——我还在等待批准，仍然需要向银行提交一些补充文件。所以我当时只能现金交易。这意味着我当时要进行更仔细的计划和预算工作。我需要计划出足够的现金以供花销，但又不要太多。当时很少有地方能接受信用卡或储蓄卡消费，对于这件事我记得我脑子里有过少许的抱怨。我在当时即使有银行卡也可能用不了，所以，我有没有账户也就不那么重要了。幸好，如今我们有了微信和智能手机。

全球最大网络招聘公司落地中国

——访凯业必达中国 CEO 尼克

文 / 李林松

> 我们就像一个时尚的时装公司一样，要做的是帮助企业客户把需求和信息，利用我们的网络和资源传播出去，帮助他们吸引到有意向的积极的求职者。

没有人能想到在互联网上会有这样的宣传语：

亲，这就是你的 BOSS！

亲，这就是你的机遇！

亲，这就加入我们吧！

这就是凯业必达（CareerBuilder），全球最大的互联网招聘公司。在互联网与人们生活不可分割的今天，凯业必达为全球所有寻找人才的企业，以及所有寻找职位的人服务。它在全球 25 个国家有分公司，业务范围覆盖了 88 个国家，拥有全球超过 9000 家合作伙伴，与 140 家报刊开展合作，拥有全球最大最完整的简历库，同时具有最领先的简历解析技术，可以更好地把简历和职位进行匹配。

2009 年 3 月凯业必达获得了中国政府批准的中外合资在线招聘牌照，成立凯业必达（上海）网络信息有限公司，进军中国市场。在凯业必达落地中国的过程中，尼克·库奇阿纳拉（Nick Cucinella）先生是个关键人物。

猎头中国合伙人

尼克的开场白是：凯业必达全球规模很大，但在中国还没有太多人知道。谈起凯业必达进入中国的经过，尼克说作为一个外国人，在不了解中国的情况下，要让这样一个国外知名品牌在中国发展起来，最重要的是通过中外双方文化上的互相信任。

“外国人在中国，如果没有中方专家和中国同事配合，是很难有发挥的空间的。”来到中国，千头万绪，对员工怎么说，要在中国怎么做，战略又是什么，这些都是未知数。“我不是来单向地告诉中国的市场和凯业必达的中国团队该怎么做，更多的是要结合在国外已经应用很好的凯业必达这个平台，尽快地本土化。”一个老

努力工作、开心生活，凯业必达倡导团队精神

外初到一个陌生的国家，单纯靠个人很难驱动事业的迅速发展。尼克决定，首先要找到合适的合作伙伴。

这个合作伙伴的条件是：要和凯业必达的理念、价值观相契合；要了解中国市场，熟悉中国的企业和求职者；还要在工作中和尼克个人的性格磨合得好、配合默契。具备这三个条件又可以信任的，而找到凯业必达信息技术总经理黄颖玲和销售运营总监王振中，对于尼克来说是非常幸运的事情。

发现王振中的过程很富戏剧性。尼克通过猎头找到了王振中。他这样解释，虽然凯业必达本身是全球最大的招聘网站，但是当很紧急地寻找一个资深的高端合适人才时，不是发个招聘信息就能轻易找到的。猎头公司正对了尼克此时的特殊胃口，也从另一面佐证了猎头与网络招聘公司的业务并不冲突，甚至可以彼此互补。王振中是个帅气的中国小伙儿，在智联招聘有 6 年多的工作经验，有着市场推广、与电视台合作、雇主品牌策划和产品研发的工作经历，后来又被派到深圳做大客户销售管理，也曾经做过对外的战略合作，智联招聘的几个业务领域他都曾经深入地涉及过。尼克此时正需要能做多方面业务的人，他最终认定王振中就是他要找的中国合伙人。

在面试中尼克感觉到，王振中不仅经验丰富，最主要的是他本身是个对职业生涯有诉求的人，想法开放，有全球化视野，对于他来讲日后在凯业必达会有很多内容可以去学。加入公司后，王振中协助尼克推行凯业必达在中国的策略，并将其全球化的网络平台在中国发展。

重技术，而非品牌推广

在尼克与王振中的谈话中，多次强调技术优势，尤其是凯业必达拥有专利的全球精确匹配技术。

凯业必达的搜索引擎区别于普通搜索引擎的重要一点是，它拥有很强的目的性和很高的匹配程度。这也决定了他们和猎头公司相比具有完全不同的策略。凯业必达认为招聘的结果是由客户来控制的，而对于性格这种软性的条件，网络公司把握比较困难，所以网络招聘的业务模式和猎头完全不同。这也体现了人才招聘这个行业的多层次和多样性——互联网招聘公司与猎头的业务没有冲突。

尼克认为，凯业必达最大的优势就是全球已经搭建起来的网络平台和简历库。凯业必达倡导“大数据”模式，开发的新产品“TalentNetwork”将帮助中国大大小小的公司拓展全新的招聘理念，提升招聘效率。他举例说：“我们就像一个时尚的时装公司一样，要做的是帮助企业客户把需求和信息，利用我们的网络和资源传播出去，达到最大覆盖面，以帮他们吸引到有意向的求职者。由于拥有覆盖全球的统一网络平台和先进的互联网技术，我们的传播力度非常大。”目前凯业必达在全球25个国家有分公司，业务范围覆盖了88个国家，拥有9千万份简历。

对于中国招聘业比较认同的简历库，凯业必达的观点是不一味追求数量和规模，首要是保证质量，要利用自己的技术与合作伙伴的网络，吸引到那些不会访问其他公司的竞争对手的简历。比如中国很多招聘网站大多储备的是大学刚毕业，只有几年工作经验的初级简历，而凯业必达拥有很多硕士、博士学历，并且有一二十年工作经验的简历。而且单纯的简历库并不是凯业必达核心的产品和服务。简历库最有价值的是给企业提供最活跃、有效的简历。也许有一个公司有1千万简历，但有一半是十年前注册的，这些对于企业就没有价值。

尼克在上海大学与学生们亲切交流

凯业必达的市场策略也很独到。说起中国市场注重的品牌效应，尼克说：凯业必达本身并不很看重品牌，也不会花很多钱去宣传。公司用更多人力物力来提升技术，这是互联网公司的特点。“网络公司以技术为驱动，赢得客户信任并循环合作，这是我们和竞争对手不一样的地方。我们的品牌不是快销，不像可口可乐那样总是积极广而告之，而是满足客户需求后再告诉用户我们有多好。”

助力中国企业走出去

关于本土化的策略，凯业必达有自己独到的想法。“在北美很成功，在欧洲也取得很大成绩，在中国就一定会成功，我们不会做这样的假设。”凯业必达在中国的策略就是针对中国市场开展工作。中国企业的需求要倾听，要学习，但同时也要发挥自己在国际化人才招聘中的优势，帮助那些已经国际化的企业，像海尔、联想、华为进行全球的招聘。这些中国企业不会用中国招聘人才的方式，而要用国外通行的招聘方式，这就是凯业必达的强项了。中国企业面临在国外如何本土化，而凯业必达会帮助中国客户去适应国际招聘文化，这就是双方要相互学习的地方。

尼克也发现一些不同于欧美市场的独特的中国招聘现象。比如中国人才市场上的中高端资深的职位人才，不一定来自于竞争对手。

另一方面，对于中高端职位，不再是企业有话语权，而是人才有话语权，而市场上这样的人才储备不会很多。有时一开始招不到完全符合要求的候选人，而只是部分符合，这样就要看人才的成长性，经过训练或岗位培训之后，是不是有能力达到职位要求。因此，在中国需要更长远更灵活地开展招聘工作，而不是追求百分之百刻板地招到完全符合要求的人才，否则只会增加招聘难度，或者错过一些成长性非常好的人才。

尼克谈到，中国正在积极吸引海外人才。他非常希望建立与政府和企业之间互利共赢的合作，尤其是帮助中国开展全球招聘业务。

尼克很强调要做负责任的公司。虽然网络招聘公司是向企业收费的，但凯业必达能够迅速将业务开展起来，是因为更尊重求职者，看重和珍惜每一个用户。有时招聘公司收了企业的钱，就不自觉地帮企业做任何事情，有可能会侵犯求职者的利益。凯业必达更注重保护和尊重求职者权益，尼克说：“我们的全球宗旨和愿景，是通过帮助求职者找到工作开启他们新的生活。”

尼克认为自己很幸运，可以在中国大力开展事业。他说未来美国和欧洲经济将仍然走低，并会在三五年里延续这种影响；而中国很稳定，各方面都是增长势头，因此未来几年是中国吸引海外人才最好的时期。中国现在的投资环境和就业环境很好，对海外华人和外国人来中国发展有很多鼓励政策，但这些政策和措施需要一个平台向海外传播出去，凯业必达就是一个很好的平台。面对机遇，凯业必达在中国充满了信心。

尼克感悟中国

尼克瘦瘦的，人很有“型”，性格也很开朗。他 2004 年就加入位于美国底特律的凯业必达，2007 年被评为该地区“20 位最成功的青年商业领袖”之一。尼克还是个多才多艺的人，他监制的电影处女作，在 2013 年美国圣丹斯独立电影节上荣获了观众投票选出的大奖。来到中国后，尼克也经常在同事、朋友面前展现他在演奏乐器上的造诣。

回忆起刚来中国的情景，尼克有很多感受，尤其是中美职场文化的区别。名义上是受美国总部派遣，实际却是单枪匹马一个人来中国。在凯业必达（上海），他是唯一的老外。在中国，员工为老板干活，像金字塔一样，尖上的是高层管理人员，而普通员工自由发挥的空间就少了。而凯业必达的一向作法，是员工要有自己的发挥空间，有很强的话语权。尼克本人之前在凯业必达工作也有八九年了，受到的也是这种文化熏陶。等到中国的团队搭建起来后，他发现他所熟悉的文化在中国的办公室中没有了，员工不敢发挥，担心犯错误，只想听老板指挥去做事。这样的中国式文化与凯业必达所倡异的全球理念存在很大偏差。因此尼克在困扰之后开始在公司内部倡导一些新的理念，包括：

每个人都是学生，每个人都是老师，每个人都是企业拥有者。

我们不怕犯错误，我们在自己的岗位上负责。

充分发挥，我们拥有话语权。

这些理念也彰显了凯业必达作为网络招聘公司，充分尊重人才的文化。企业文化的推行，使凯业必达进入中国三年中，没有一名员工离职。

尼克自己也通过工作和生活熟悉中国。生性活泼的他，对于在中国生活的感觉非常好。中国的文化，中国人的友善，都很吸引他。尼克喜欢交朋友，同事接受邀请去尼克家里吃饭，对他来说是莫大的荣幸，因为他本身也喜欢美食；他会亲自下厨，因为他也喜欢做饭，尤其是意大利菜。尼克还喜欢音乐，钢琴、长号，经常在中国同事和朋友面前表演。他的生活在中国渐入佳境。

尼克去过很多中国城市。在中国旅行，他不是每次都住酒店，有时住在朋友家里，有时住家庭小旅店，他说这样可以更多了解中国文化。有时候他还会教孩子英语，这样就有机会住在学生家里。

所以，凯业必达在中国，也不可避免地带上了尼克活泼好动的性格特点，也就有了文章开头的宣传语。

“我与烟台心心相印”

——记中国政府友谊奖获得者贺伯特

“在烟台我感觉就像在家里一样，我热爱烟台，能够被接纳为烟台的儿子，我感到无比自豪。”

文 / 赵云清

他曾就职于世界 500 强企业之一的德国赫斯特公司，20 年前受命踏上中国的土地。他是个法国人，但在烟台却享有很高的知名度。2000 年 6 月退休后，他来到烟台，成为烟台市投资促进局高级顾问。

本来英文中他的名字应该翻译成赫伯特，但得知中国有许多贺姓之后，他就把自己的名字改成了“贺伯特”，烟台人称他为“老贺”。

从法国到中国

在法国有个地方叫布热湖，湖水清澈，湖边那幢宾馆坐落在绿树丛中，一如贺伯特儿时的记忆。那时，他是个“比较严肃”的人，除了喜欢“有水的地方”，通常会“正儿八经”地学习各种有用的东西，一直到他18岁，而现在他离开那个环境已经半个多世纪了。

这个地方离里昂大约有100公里，贺伯特1935年出生于这里。他的父亲和母亲一直经营着湖边的那座宾馆。那时，湖边的居民都知道贺伯特从小喜欢历史、地理和文学，直到他考入巴黎高等经济商业学院，专攻市场、金融与贸易。从此，他的邻居们才明白他选择了一种和家人完全相同的发展方向：

贺伯特作为2008年北京奥运火炬手参加火炬传递活动

将继承父母的经营头脑。从某种意义上来说，他们说对了——但是，方式上却是完全不同的。

贺伯特大学毕业后任职的第一个公司就把他派往了南美，从此，他在很多国家工作过，直到 2000 年退休。现在，他仍然在一个“旁边有水”的城市工作，这座城市叫烟台。

“以前是投资者，现在是招商者，搞推销，而且是推销一个城市。”

“白求恩”老贺

“白求恩很伟大，我自己比不了。”贺伯特说。

贺伯特今年 74 岁了，他操着法语、英语和生硬的汉语经常在国内外飞来飞去——他的身份不仅是一个普通的招商者，他还是烟台市最耀眼的城市名片。

2000 年 6 月，退休后的贺伯特被聘为烟台市投资促进局的高级顾问，从此他“摇身一变”，由一个投资人变成了招商者。

“他是我们所见过的最好的招商引资人，”同事们说，“在涉及到法国的商务交往中，目前无人能与他相比。”

老贺在烟台的 10 多年间，大力推介烟台，使烟台已与 800 多家欧盟知名公司和中介机构建立了业务联系，其中世界 500 强企业 20 多家，如德国拜尔、西门子、德固萨，法国索迪斯、欧尚等等，先后邀请包括 20 家世界 500 强企业在内的 450 多家国外大公司、大商社主要负责人来烟台考察访问，并有 20 多个投资项目已经或正在落户烟台。另有 20 个中长期项目正在积极推进中。

一切源于一场邂逅。

1995 年，还在德国赫斯特工业气体公司担任市场总监的贺伯特，来烟台只是推销他的空气分空装置。不曾想到，5 年后他来烟台，却成为了烟台市投资促进局高级顾问，向世界介绍、推广烟台。

“烟台这个地方，地理优势非常明显，坐飞机到北京到首尔到上海都是 1 小时左右。拥有良好的港口，劳动力成本也不高。”老贺说，这是个蓝天白云的海滨城市，非常适宜人居住。

“工作狂”老贺

“我是个喜欢工作的人，只要还活着，我就会一直工作下去。”贺伯特说。现在，向欧洲和世界推荐烟台、宣传烟台，已经成了他最喜欢做的事了。“以前是投资者，现在是招商者，搞推销，而且是推销一个城市。”

虽然老贺在烟台的工作中只有一个顾问的头衔，但他却是一个极为认真的“工作狂”，依然保持着以前在跨国公司的工作节奏。

初到烟台时，老贺发现以往烟台面向欧洲大公司招商几乎是空白，这样的事实让他心里非常着急。

“我是完全国际化的，在世界各国工作了 40 年，积攒了无数名片，拥有广泛的客户资源。”老贺说，10 年来他共发了几万封电子邮件，目的就是要让欧洲人知道烟台。

“与老朋友联系，我的工作就是邀请他们来烟台，起初他们说要来，但是烟台在哪儿？”老贺说，“我就趁机向他们推介烟台。现在，美国、法国、德国、英国、韩国等国的外商蜂拥而至。”

贺伯特（ 后排左一 ） 与烟台市投资促进局相关人员在一起

“他的口袋中每天总装着一些小纸条，分门别类地罗列着最近必须做的事情。”老贺的同事说。

“我之所以这样做，就是要客户知道我们时时都在关注他们的项目，随时在为他们服务，绝不让客户感觉我们把他们的项目给遗忘了。”

作为烟台的招商者，老贺不放过任何推介烟台的机会。他凭借其客户资源广泛的优势，先后20多次协助烟台市经贸代表团赴欧开展一系列经贸推广和交流活动并取得了令人满意的成绩。他先后60多次带队赴北京、上海、厦门等城市拜访境外政府机构、跨国公司、商协组织驻华办事机构，加强经贸交流，寻找合作商机；2004年，牵头并历时3年，使烟台市与法国坎贝尔市结成为友好城市关系；2005年参与推进烟台市与法国昂热市建立友城关系；推动烟台市与加拿大达蒙维尔市建立经贸友好城市关系；2009年挖掘推进了烟台山医院与法国卫生部和医院的交流，双方友好医院关系已经建立；2010年推进促成了法语联盟项目落户烟台大学。

“城市名片”老贺

“我与烟台心心相印。”老贺用中文说，“在北京和吴仪副总理在一起时，我也这么讲。”

“烟台需要得到世界的承认，而我和太太又非常喜欢烟台，所以，我愿为烟台工作。”老贺说，他喜欢每天吃两个苹果，烟台苹果不错；他每天要喝点酒，而烟台的葡萄酒又很有名。这样，作为烟台“荣誉市民”，他已经能享受到他喜欢的东西了。

“在烟台我感觉就像在家里一样，我热爱烟台，能够被接纳为烟台的儿子，我感到无比自豪。”老贺说。

于是，在贺伯特发自内心的感召下，越来越多的外国友人“发现”了烟台。他还经常与同事组织西方人聚会，为大家尤其是在烟台投资落户的外商建立起交流的平台。

10 多年来，老贺在中国烟台的工作同样获得了法国方面的高度评价。2004 年，法国时任总统希拉克来中国访问期间，法国驻华使馆特别邀请老贺赴北京参加欢迎酒会。因为一提起“烟台的贺伯特”，希拉克就要见一见，鼓励他继续当好法中友好交往的使者，为两国人民的友谊作出更大贡献。

每次外商来烟台后，他就把地图摊开，向他们介绍烟台的位置，告诉他们烟台不只是城区这一小块，而是包括 13 个县市区，总面积 1 万多平方公里，相当于比利时的国土面积。这已经成为老贺生活中的一种常态。

有一次，老贺出差，发现飞机上的英文地图标有青岛和威海，但是没有烟台，他很生气，回到烟台后，他就把这件事连同其他的建议写成报告提供给政府，副市长很快作了批示：“从外国人的角度看烟台，是很有客观性和说服力的。”

“贺伯特就是烟台的一张特殊名片，很多城市都羡慕，有些城市曾经许以优惠的条件邀请贺伯特到他们那儿去，他一律谢绝了。”烟台市投资促进局局长张行如说。

荣誉纷至沓来

贺伯特在烟台工作10余年，对工作自始至终抱有极大的热情，被山东省领导誉为“和平年代经济战线上的白求恩”。他先后荣获烟台市荣誉市民、山东省“齐鲁友谊奖”、CCTV长城杯感动中国之感动烟台特别贡献奖、法兰西学院2005年度银质奖章、2005年中国政府友谊奖、“山东省第二届外国友人话山东”活动三等奖、山东TV2005年度十大新闻人物之一等殊荣。

法国时任总统希拉克、总理拉法兰以及农业部长多次来函慰问，对他荣获烟台市荣誉市民、“齐鲁友谊奖”等光荣称号表示由衷的祝贺。2009年4月，法国总统萨科奇授予贺伯特荣誉军团骑士称号，以表彰他在中法两国经济技术文化交流方面所取得的丰硕成果。

2008年7月，贺伯特作为烟台唯一的西方人奥运火炬手成为山东区传递者。2010年12月，他被烟台市人民政府授予“对外开放特殊贡献者”。

“洋啄木鸟”诺扬

文 / 吴昊铎 万晓璋 肖玉婷

诺扬·罗拿，张新伟 摄影

他有一个绰号——“洋啄木鸟”。两访诺扬·罗拿（Noyan Mustafa Rona），对他这个绰号印象尤深。第一次采访在北京的外国专家大厦，当咖啡厅服务员给他倒水的时候，他笑着对服务员说：“你这样直接倒开水不对，我给提一个建议，你先往杯子里倒一些热水，给杯子预热，这样可以等下让热水更保温，原来不预热的杯子装水可能 5 分钟后就凉了，但这样可以坚持 10 分钟保温。”

第二次是在上海浦东，他的办公室。他讲：“我前不久在上海政协会议上做了报告，对上海经济发展、交通、食品安全等方面提了自己的看法和建议。最近我正在酝酿一个新的建议，旨在给中小企业发展提供帮助，保护中国传统工艺，以及保证小生意人的生存空间。在我看来，中国的高速发展，在这方面牺牲了很多。”

“洋啄木鸟”这些年来“啄”出了不少问题，也“啄”出了诸多建议，他用行动证明着“观察其实已经成了我的一种生活方式”。目前担任土耳其担保银行上海代表处总代表的诺扬，除了是“洋啄木鸟”之外，也是乐于助人的“洋雷锋”，他的家庭是“最美家庭”，他还有一段精彩的“绿卡故事”，要知道这些故事细节，且听诺扬用他溜到好似中国人一样的中文，细细道来。

超强纠错的“洋啄木鸟”

“如果我做银行代表，我肯定还会在中国待一定时间，然而如果我继续做外交官，我那时候还有两年，两年后我肯定要回去的。下次再出来的话，我就不一定能来中国，也许土耳其会让我去澳大利亚或者巴基斯坦。”面对着继续做外交官，还是接受土耳其担保银行的邀请出任上海代表处总代表，诺扬选择了后者。

1982年，诺扬作为土耳其第一批公派留学生来到了中国，1988年，他被派往土耳其驻中国大使馆工作，以外交官的身份在上海、北京生活。30多年间，他的足迹遍布中国的大江南北。他怀念滨海之城威海咸咸的海风，也喜欢底蕴深厚的北京。他曾出任过土耳其驻上海总领事馆副领事，当时土耳其担保银行看重上海的经济地位，所以在上海设立了一个代表处，诺扬作为领事提供了很多帮助，后来土耳其担保银行问诺扬能不能去任职时，诺扬很爽快地接受了邀请。他说：“我一旦离开这里的环境，就会丢掉这里的语言。我不想离开，中国很吸引我。”

在上海的日子里，诺扬开启了超强纠错的“洋啄木鸟”模式，他还加入过一个寻访团，专门挑错：“酒店女服务员的鞋穿太大啦！”“红绿灯变得太快啦！”“出租车后边玻璃不能贴广告！”“你这个番禺路的路牌翻译错了！”……诺扬说观察、挑错是他的一种生活方式，他觉得很自然。

正是因为他这样细致的观察、挑错，街道居委会还有他常去的酒店都会经常邀请他去参加活动，希望他提出意见。酒店培训部的主任甚至邀请他为餐饮部的服务生进行培训。第一次开讲的时候，参加培训的共计 100 多人，诺扬讲了四五个小时。很多细节问题，酒店服务人员都没有意识到不妥之处。比如我们就餐时常听见服务员说的“请稍等”。稍等没问题，可是你希望我等多久呢？ 5 分钟？10 分钟？还是 20 分钟？外国人就会这样想。所以诺扬建议服务员改说“我马上回来”而不是“请稍等”。“如果你跟我说你马上回来而不是请稍等，我就不会那么着急了，因为说请稍等就永远不知道要等多久，这其实就是一个心理上的作用。”

出租车行业也需要注意很多细节。诺扬曾建议上海的出租车车后玻璃不要整块贴广告，后来他的意见得到了采纳。在商业方面，他建议“在上海的工商局就可以续营业执照”，而不是到北京的工商管理局办理，该建议一年后便得到了采纳。

据诺扬回忆，“洋啄木鸟”这个绰号源于 2002 年上海长宁区的一个区级会议。会上诺扬提出了很多建议，就像啄木鸟一样，笃笃笃，敲出了很多社会上的问题。

除了“洋啄木鸟”之外，诺扬还有个绰号，叫“洋雷锋”。

2001 年，诺扬在社区居委会的帮助下一下子资助了 10 个贫困学生。后来他又在《东方早报》上看到安徽的一个人没有钱做手术，他就主动捐钱。这事得到了《东方早报》记者的报道，又为他赢来了桂林的一位素不相识的书法家的一副字：“精神文明洋雷锋”。

诺扬也遇到过春晚小品“扶不扶”的情况。有一次，他在过马路时，看到一位老人跌倒。当时人行道上的绿灯眼看着就要切换成红灯了，而老太太还没有穿过人行横道。诺扬没有犹豫，立马过去把她扶起来，护着她，先拦停车辆，再送老人过了马路。他说：“我怕来往的车辆看不到她，我站在那里最起码车会停下来。”

扶与不扶，其实只是一念之差，然而却可能是一条生命的距离。“这不是见义勇为，这是应该的。”诺扬的概念里，并没有“见义勇为”这种说法，“一个人在路上跌倒或者倒下了，每一个人都应该把他扶起来，反而你不扶他时，别人才会指责你，所以这是应该做的。”

你会看到在上海江苏路的路口区做志愿者，指挥交通的诺扬；

获得“最美家庭”荣誉的诺扬（中）

你会看到世博会倒数600天期间，作为外国志愿者的团长，带领外国志愿者们志愿服务的诺扬；你会看到上海市民巡访团“一百零八将”中唯一一个外籍“好汉”的诺扬……

这是一位热心肠的来自土耳其的“洋雷锋”。

“最美家庭”带来的自豪感

在上海生活了这么多年，诺扬早已融入了当地的生活。他积极参加社区居委会活动，和夫人蕾赞·罗拿一起去学国画、学剪纸。居委会干部提起他总是赞不绝口：“这两个老外，没把自己当‘外人’，平常日子里，夫妻俩见到我们总提醒说：‘有什么活动要叫我们的哦！’”

在诺扬的眼中，居委会是一个很有意思的组织，特别新鲜。“居委会就像是小区的保险丝，当居民因为一些不满的事情要爆发时，他们可以向居委会反映，可以‘泄愤’，气下去了，就可以不闹了。这是一个倾诉的渠道，渠道的作用是很重要的。”

在诺扬一家人刚入住上海长宁区时，他看到邻居的门上挂着“文明家庭”的牌子，出于好奇，他来到居委会询问如何才能得到“文明家庭”的牌子。了解情况后，他便叮嘱家庭成员做任何事情都要遵守小区的文明准则，争取在下一次评选中获得“文明家庭”称号。

也正是这个契机，诺扬及他的家庭开始了文明家庭之路。2005年，诺扬如愿以偿，家门上也挂上了“文明家庭”的牌子。

2014年5月15日，全国妇联在北京举行“最美家庭”揭晓暨五好文明家庭表彰会。诺扬因为身体原因刚在他的家乡土耳其动了手术，但他未待痊愈便急匆匆赶回中国，带病去北京参加了对他而言十分重要的一个大会。他的家庭是上海三组得奖家庭中唯一的外国家庭。所以当被问及他的获奖感受，诺扬如是说：“首先是自豪感，再者就是归属感，觉得自己做到了别人没有做到的事情，还有我觉得最骄傲的是，全国这么多人，我是唯一的一个外国人，感觉很自豪很不一样。”

土耳其担保银行举办庆祝诺扬（左五）来华30周年招待会

关于“绿卡”的试验

《外国人永久居留证》俗称中国“绿卡”，有了此证，意味着外国人在中国居留期限不受限制，可凭护照和“绿卡”出入中国国境，不需再办签证。中国“绿卡”号称全世界最难拿的绿卡之一，而诺扬就有一张中国“绿卡”。

诺扬说：“我觉得我能拿‘绿卡’是因为我对社会的融入和对社会的关心，从而对社会的进步做出自己小小的努力和贡献。事实是‘绿卡’的确难拿，不过这样才会有人去努力，去珍惜。”

“不过，”诺扬话锋一转，说，“因为中国的发展，很多外国人会想要长时间地留在中国该怎么办？或者那些已经在中国生活了二三十年的人，工作关系都在中国，反倒回国后会不适应那里的环

诺扬拿着自己的上海市荣誉市民证书，张新伟摄影

诺扬办公室里张贴着一张书法家赠送的“精神文明洋雷锋”作品

境，那么这些人该怎么办？我觉得应该给他们一个机会，让他们留在中国，让他们不用每天心惊胆战下次申请再留在中国是否可能，这样他们就能安心待在中国，更好地宣传中国，帮助中国蓬勃发展。”

在 2013 年 8 月成功拿到中国“绿卡”后，诺扬就做了几个关于中国“绿卡”的“含金量”的试验——试验的结果不尽如人意，经常碰壁。

在试验中，诺扬发现，他并没能真正享受到“绿卡”带来的权利，一些银行、酒店等机构或商家，或虽然有使用“绿卡”的规定却存在人员培训不到位等问题，或因其内部规定未按“绿卡”办法修改而不能执行。

例如，在花旗银行上海分行，诺扬拿出“绿卡”，要求开设一个银行账户，却遭到对方的一口回绝。诺扬已设想过可能会遇到对方这样的态度："他们可能还不熟悉这个证件。"他拿出事先打印好的《外国人在中国永久居留享有相关待遇的办法》，递给花旗银行窗口工作人员，提醒说："请看第十三条。"银行工作人员翻看了后，转身进入一个办公室，但约两分钟后，她回到柜台，给诺扬的答复仍旧是"不可以""要根据银行流程办事"等等。

去了工商银行，员工不知有中国"绿卡"；去了酒店，酒店称"绿卡"排在可用证件末尾；购买机票、火车票时被告知不确定一定能使用，还是要求使用护照……对此诺扬觉得要"抗争"到底，一定要发挥出"绿卡"该有的功效，除了拿出红头文件给他们看，同时向民政局反映这种情况，逐渐这种状况得到了改善。

在诺扬的办公室，还有一点让笔者印象深刻。就是他的书刊收藏——他显然是用图书馆的分类方法整理资料的，他能毫不费力地拿出他收藏的 1923 年土耳其建国那一年中华民国的报纸。曾经是土耳其外交官，而且又是历史学硕士的他，准备在不久的将来写《中国与土耳其外交史》，目前正在广泛收集资料。希望第三次采访的时候，能看到这本书。